HISTOIRE
TRAGIQVE
DE CIRCE', OV SVITE
DE LA DEFAICTE DV
faux Amour.

ENSEMBLE L'HEVREVSE
Alliance du Caualier Villerieux & de
la belle Adraste.

DE L'INVENTION DE P.
BOITEL SIEVR DE GAVBERTIN.

DEDIEE A MADAME LA
Mareschale de Vitry.

A PARIS,
Chez PIERRE CHEVALIER, ruë sainct
Iacques a l'image sainct Pierre prés
les Mathurins.

M. DC. XVII.
Auec priuilege du Roy.

FACILLE INTELLIGENCE
AV LECTEVR.

Caualier Victorieux : *Nicolas de l'Hospital.*
Adrastee: *Lucrece Bauhier.*
Pithius: *Vincent Bauhier.*
Bellerophon: *François de l'Hospital.*
Fils d'Adrastee: *Louis de la Trimoüille.*
Persee: *François Poussac, Baron Dubigen*
Cephee: *Sieur de Neubourg.*
Andromede: *Madame d'Ubigen.*
Circé: *Eleonor Galigay, Marquise d'Anchre, subiect de nostre Histoire.*

A MADAME LA
Mareschale de Vitry.

MADAME,

C'eſt vous qui eſtes ceſte belle & diuine Adraſtee, dont les Poëtes ont chanté mille glorieux Hymnes à l'honneur de ceſt antique Nemeſis. Et moy pareillement à la gloire de ces preſentes diuinitez ie feray bruire par l'vniuers les effects de *Monſeigneur de Vitry*, & vos rares actions qui iuſtement donnent à vos deitez ce que le ciel & la nature ne vous oſent deſnier, comme à l'ornemẽt des belles, le Phœnix d'amour, le miracle descieux, le ciel des miracles, le chef d'œuure accóply de la diuinité, le soleil des beautez, l'Astre radieux, l'image d'honneur, la source des beaux obiects, la tutrice des beaux esprits, le flambeau des belles ames, la fontaine de Narcisse, l'origine des eternitez, la grace du monde, l'Aurore de nostre Epitome, le mespris du vice, l'Estoille du iour, l'abregé des simpathies en la douce guerrierre du *Caualier Victorieux*, les merueilles de l'vniuers, vostre corps est le ciel de la nature, & vous estes le naturel des Cieux. Le Soleil a plus de clartez que tous les Aſtres, vos beautez ont plus de graces que les autres beautez, celuy qui veut cốpter vos perfectiốs aſpire à l'impoſſible, & ſe perd dás l'infinité. Il meſure la terre au mốde, & cốte les eſtoilles aux Cieux. Vous obſcurciſſez les beautez, cốme la Topaze le merite des autres pierres. Vous eſtes ce que l'eſprit ne peut comprếdre, & les yeux ne peuuết admirer, on ne peut vous veoir ſans eſtre affectionné à voſtre ſeruice, & ceſte affection peut faire voller voſtre gloire par l'vniuers. Receuez donc MADAME, ce premier eſchantil-

lon de ma sincerité, conioint
par vne agreable simpathie
au sacrifice de vostre Mauso-
le, qui append auec vous les
Lauriers au diuin Temple de
la memoire, & dés à present
i'en basty des autels pour les
dedier à la gloire de vos merites, & y offrir en victime
iournellement pour encens
mes prieres & mes vœux, lesquels s'osent adresser àvostre
eternelle diuinité, maisvostre
douceur pardónera à mon
audace, & supleera au defaut
de celuy qui est,

MADAME,

Vostre tres humble seruiteur P. B.
sieur de GAVBERTIN.

AV CAVALIER VICTORIEVX.

STANCES.

DEssus l'Autel sacré du plus braue
   vainqueur,
I'offre tes verds lauriers aux pieds de ta
   valeur,
Qui rendit de Phœbus la lumiere feconde:
Faisãt d'ũRoy Gaulois vn Roy de l'vniuers:
Ton Heroique coup & tes effects diuers
Ont donné au Soleil la Royauté du monde.

  Et le Lys pour mõstrer tes effects singuliers
De ses diuins honneurs donna à tes lauriers
Mille dignes presens, ornemens de ta gloire:
Et ce large Vniuers & ce ressentiment
De son extremité iusques au Firmament:
Sonna en voix d'airain ta parfaite victoire.

    Et moy ayant franchy ces nocturnes fu-
   reurs
Et les traicts importuns de ses diuers mal-
   heureux
De nul autre desir mon ame fut guidee
Sinon d'eterniser & te dresser autels
Où on verra tousiours diuins & immortels,
Vn braue Caualier & sa belle Adrastee.

A MADAME LA MARESCHALE DE VITRY.

ANAGRAMME.

LVCRECE BOYER MARESCHALE DE VITRY.

O BELLE AME CLAIRRE,
riches de verus.

ODELETTE.

Miracle des cieux,
Phœnix en beauté,
A ta Deité
Ie donne mes vœux.
  Origine saincte
Des diuins esprits
La Muse non feinte
Des plus beaux escrits.
  Monde des honneurs
Que content i'adore,
Comme belle aurore,
Des belles faueurs.
  Reçoy pour ta gloire
Ces vers incognus:
O BELLE AME CLAIRRE,
RICHES DE VERTVS.

A ELLE MESME.

SONNET.

BEaux yeux Aftres d'Amour, qui auez
    rauy l'ame,
A ce grand Caualier braue Victorieux:
Vous bruflez tous les cœurs de voftre fainte
    flamme.
Du troupeau d'Appollon qui vous donne
    ces vœux.

Admirable Soleil Deeffe, Royne & Dame
D'vn Phœnix feul viuant ez Arabiques
    lieux   (me
Voftre vertu baftit par l'efclair de fon char-
Aux defpens des mortels vn tôple radieux.

Afile facré fainct, refuge des oracles,
Qui de vos deitez enfantez des miracles,
Formez d'heur & d'Amour, de beautez
    & d'honneurs:

Mirez vous aux rayons de vos douces mer-
    ueilles   (leurs
De palmes, de lauriers, de mirthes, de va-
Vous ne viftes iamais de pareles fi belles,

BOITEL fieur de GAVBERTIN.

A MONSIEVR DE
BEAVMARCHEZ.

ANAGRAMME.

VINCENT BOYER DE
BEAVMARCHAIZ.

A BASE VICTIME RICHE
donneur.

HYMNE.

Dieu Pere du Soleil,
De la belle Adrastee;
Qui regne sans pareil
D'vne essence argentee:
Nous esleuons nos yeux
A ce iour radieux.
   Essence de Phœbus
Le Soleil des Sophistes
Dont les charmez reflus
Donnent grace aux Carites:
Nous t'adorons sans fin,
Comme nostre destin.
Ainsi dit Appollon

A s'heureux Alexandre,
Qu'il falloit vn rayon
Pour toute ville prendre:
Du threfor des humains
Solides dans nos mains.

Toy grand Aftre tout d'or,
Qui du traict de Cephale
Franchis comme vn Neftor
Le concours d'vn Dedale :
Anime mes efprits
De tes biens infinis.

Car quand ie ferois beau,
Vertueux & fidelle
Sans ce diuin flambeau
Noftre vertu n'eft belle :
Soyez cruel ou doux
L'argent parle pour vous

Ie cognois ton honneur
Que tout le monde eftime,
Car A BASE VICTIME,
Tu es RICHE DONNEVR.

BOITEL fieur de GAVBERTIN.

L'AVTHEVR A SON LIVRE.

STANCES.

MOn enfant ie t'ay mis au
monde
Pour honorer deux beaux Soleils,
Qui d'ames & de vertus pareils
Redonnent le iour à ma bonde.

Honore les nouueaux Phœnix,
Adrastee la belle Carite
Donne au Caualier Cypris,
Et sa Cypris à son merite

Et si vn Mome ambitieux
Me fait l'autheur d'vn vitupere,
Dictes que suiurez pour les
Dieux
La volonté de vostre pere.

HISTOIRE
TRAGIQVE
DE CIRCE'.

OV

SVITTE DE LA
defaicte du faux Amour.

ES mortels immor-
tellemét redeuables,
& à iamais obligez
aũ, CAVALIER VICTO-
RIEVX, ayans d'vne iuste
fureur, despecé en mil & mille pieces le cadauer du faux
Amour, aufquels ils ont don-

né pour tombeau à ſes ingra-
tes cendres preſque tout l'vniuers eſleuent des autels, des
ſimulacres, baſtiſſent des té-
ples, des trophees, des pirami
des, des coloſſes, & fôt d'vne
affection Gauloiſe, dôt l'apparence eſt moindre que les
effects, des couróncs de Laurier, de Mirrhe, de Palme &
toutes les fleurs que la bletie-
re Ceres a faiĉt part aux va-
ſtes campagnes de la Deeſſe
Rhee, pour honorer ce beau
Soleil, ce blond Phœbus, &
ce Dieu radieux de l'epitome
du monde, le Phenix ſeul v-
niuerſél & le plus grád Aſtre
du ciel, qui les a rendus d'eſ-

claues libres, de malades lan-
goureux, fains & difpos, &
animez d'vn efprit, & d'vne
ame naturellement portee
au feruice de fes odoriferan-
tes fleurs de lys, & de ces a-
greables fleurettes, que cheriffent fouëfuement Phœ-
bus & fa Clitie.

Tout le monde adore le
Soleil, chacun affranchy des
miferes paffees ne refpireque
la paix. Carite nous ayme,
& nous aymons fa Sympa-
thie, qui ne peut eftrequel'ad
uantage de ce tout & cet
Enfaffocié en cefte diuine al-
liáce nous rend eternellemét
heureux, contens, & pleins

de toutes sortes de celestes
felicitez, capables en vn contentemét si extreme, de nous
faire participans de l'essence
des Dieux; ouy d'vne nature essentiellement aussi solide que la solidité de ces immortels, de ces grands Heros,
& rares estoilles des cieux,
qui ont esté les fidelles autheur, de la defaicte du faux
Amour, boureau inexorable
de nostre franchise, & lequel
a voulu faire parade de son
inconstance à l'obiect de
tous.

Et ceste inconstance est
proprement le reuers de la
fortune, le tour de sa rouë, &

vn coup de sa disgrace fauorable aux mortels, ausquels
elle a esté si rigoureusement
côtraire. C'est vn arrest de la
volôté du ciel, vn decret desti
né par ceux qui ont faict les
Destinees, & borné nos mal-
heureuses miseres, lesquelles
aussi furieuses que les furies
d'enfer, nous faisoient fatal-
lement franchir les riuages
tenebreux du funeste fleuùe
d'Acheron, ayans pour Pilo-
te & cruel nautônier l'impi-
toyable Caron, & pour gou-
uernail & rames, le faux A-
mour & sa Circé, que ie voy
toute descheuelee, comme
vne Vrgande la descogneuë,

aussi laide, que la capitale
Megere, & tellement odieuse
à nos yeux, que ie croy indu-
bitablement que toutes les
legions infernales ont con-
tribué au don, qu'ils luy ont
donné, de chasque partie la
plus affreuse, de leur horrible
essence, pour orner hideuse-
ment ceste espece de Medee,
& cest image d'enfer.

Tristement esploree, elle
recognoist la vanité de ses
charmes, & ses plus inutiles
eaux n'ont pouuoir de gau-
chir ces effects & de dôner la
vie à celuy qui auoit desia tra-
uersé les concauitez & le centre de la terre, pour le faire re-

ceuoir dans les ombrageux
manoirs aux inferieures par-
ties de la terre, où il y a d'icy
felon l'opinió des fages ; 24 ;
milles, felon Pluton, & comme vn autre Rodomont, en
fruftrer les Dieux funebres
de leurs mortelles poffeffiós,
non auec fa puiffante force,
mais auec fon ambition plus
capable que les forces du
móde pour renuerfer les enfers, fans deffus deffoubs,
& chaffer Pluton, Proferpi-
ne, Ceres, Caron, Megere, A-
lecto, Tifiphone, Minos, Ra-
damante, Æacus, Atrope,
Clote & Lachefis, & genera-
lement toutes ces nocturnes

creatures, dont l'aſpect mal-
heureuſement damné, pire
cent fois que la mort, peut
dóner le treſpas, par l'ateinte
de leurs paſles terreurs, & ré-
plir à noſtre preiudice monceaux à monceaux leur ge-
héne criminelle, qui au deſer-
tement de ceſt vniuers auroit
tant de peuplades à regir,
quelle ſeroit forcee de deſlier
& de deſchainer Lucifer
pour ſeconder le Dieu Plu-
tonique à l'effect de ſon deuoir.

Cruelles furies, grillez ſur
vos ardentes grilles d'vn bra-
ſier animé ceſte cruelle Har-
pie, & roſtiſſez auec vos tor-

ches flamboyantes son ame
perfide, ingrate & homicide
de nos felicitez. Et vous esprits du soufreteux Tartare,
gehennez de vos gehennes
criminelles & miserablemét
miserables ce malheureux,
pluftoft que de luy ceder, ce
que le ciel la nature & vos crimes & forfaits vous ont fait
funeftement poffeffeurs. Ce
feroit côtreuenir aux parques
peruertir les loix des defti-
nces, de fauffer la promeffe
que les Dieux ont faite par le
ferment irreuocable du Stix
infernal.

Heureufe abfence, noftre
vie, la vie eternelle du mon-

de, & la mort presentement
certaine des enfers Saturne,
ce menge-enfans, ce viel pere des Dieux, plus muable
que l'inconstance soubs le
regne du faux Amour, ne pa-
rut iamais si serain, & n'a iamais esté si beau qu'il est
maintenant: on ne voit que
fleurs au lieu d'espines, que
miel & Dictame au lieu d'ab-
sinthe, la douleur emporte
en sa perte toutes nos douleurs, Vulcain cede à la triple
Charite, & ces cruelles sans pi-
tié. Erides, Enyon, & Erebe,
nous rendent (au naufrage
de leur presence) participans
des douceurs agreablement

sauoureuses du repos de The-
mis.

Le ciel diuin despité d'vn
regne si peruers auoit con-
uerty & mué en orage son
calme, sa tranquilité dónoit
lieu à la tempeste, & le tonnerre grondant rouloit son
foudre vehement, si tempe-
statif, assisté des pluyes aquatiques, qu'il sembloit que
nous fussions au temps du
bó homme Deucalion, où la
cruauté des eaux fit de tels effects, que les mortels abis-
mez & engloutis dans les
imperueuses ondes, ne de-
mandoiét que la mort, pour
precipiter leur double rage

quant, & eux, dans le treſpas.
Auiourd'huy clairement, le
Throſne des Dieux, le Mar-
chepied des immortels fait
paroiſtre ſa ſerenité, ſa tran-
quillité, & ſon calme hieroglyphique de ſa bien veillan-
ce, & iamais au raport de nos
peres, il ne fut ſi beau qu'il eſt,
augure certain de la bien venuë des Dieux, Mars, Hercules, Mercure, Apollon, &
Neſtor fugitifs, du Ciel, le
lieu de leur naturelle origine.

La terre eſtoit laſſe de nous
ſouſtenir, nos vices la rendoient infertile, & ceſte in-
fecondité par vne eſpece de

maladie Erichtonide, nous
cauſoiét le treſpas plus doux
cent mille fois que la vie, puis
qu'elle eſt le Cloaque des miſeres. Les eaux coniuroient
noſtre ruine, & le feu noſtre
embraſement. Vn nouueau
Cahos renouueloit les tenebres, & le deſordre les entretenoit en leur noire confuſion. Le iour eſtoit ſombre
& la nuict claire, & les deſtins ſpecialement auoiét intelligence auec la mort. Caró
& Pluton faiſoient des pratiques; l'vn tuoit, l'autre filoit &
les deux autres receuoient le
naulage & le tribut des a nes
innocément vendues & preſ

cipitées dans ces discordes.
Quelles loix, quelle iustice,
& quels iustes iuges de ce siecle, peuuent iustement iu-
ger de ceste ignoráce pour
en prédre par quelque eschá-
tillon quelque vestige de raison, ou quelque reigle d'e-
quité, & leur iugemént est
trop bas, pour sonder la pro-
fondité de nostre cicatrice,
mais playe bien ouuerte, puis
que la sapiéce Astree, & mesme toutes les vertus ensemble, sont bien empechees, ou
l'estoient assez d'en tirer la
Quintessence. Siecle d'óbra-
ge, regne duvice, téps d'ignorance, saison limitee de tou-

tes les fureurs, puissiez vous
estre absétsen eternité, loing
de nous, heureux d'auoir fra-
chy la carriere de vos bouras-
ques, d'estre exempts des in-
quietudes & perturbations
de vos grommellantes & furieuses manies,

Et vous châtres de Parnasse,
mignons sacrez des filles
Heliconides, qui captiuez les
bonnes graces , par l'air de
vos sacrifices, de leurs deitez,
puis qu'elles nous ont esté
fauorables & propices. Les
fureurs , les larmes , & les a-
larmes des Canibales mor-
tels, ont abregé leur course,
c'est vn pauure epitome

pour le faux Amour, & vn ri-
chement pretieux definitif
pour nous. Chantez donc, &
d'vne gaillarde voix, enton-
nez doucement ce que les
Muses vous inspirent, & que
Ronsard, Desportes, Chilac,
Belleau, Iodelle, Ollenix, &
du Bellay, resueillent l'immortalité de leur esprit, pour
vous assister ô Nerueze, Mal-
herbe, Daudiguier, Renou-
ard, Vrfé, & particulieremét
l'vniuersel Baudoüin, que les
Nymphes cóiurét de prester
la voix à ce concert: ceste chá-
sonnette s'escoule amoureu-
sement entre eux; à l'honneur glorieux des merites du

CAVALIER VICTORIEVX,
le Phenix des braues de ce
temps,& le Soleil de la vaillance:

PVis que les fureurs du Dieu
  Mars,
Au treſpas d'vne ame cruelle:
Ployẽt leurs guerriers eſtendars,
Sous les rayons de noſtre eſtoille.
 Que VITRY maintenant
 Soit honoré diuinement.

 Il faut, mortels, que nos deſirs
Soient portez ſur l'aiſle d'icare:
Puis qu'auiourd'huy tant de plai-
 ſirs
Loing de nous la douleur ſepare.
 Et les Dieux ſeulement
 Qu'il faut aimer, alloient mou-
  rants.

Nymphes ascendantes d'Ap-
pollon,
Chantez sur la diuine croupe
Les maux que faisoit Cupidon
A toute l'immortelle trouppe.
Des diuins qui brauement
Sont reuenus au firmament.
Adorons ce braue VITRY,
Vous de nostre saincte brigade
Chantres sacrez, puis qu'auiour-
d'huy
Il est du ciel la sauuegarde:
Les François tellement
Luy sont obligez eternelle-
ment.

Ceste gaillarde & diuine
trouppe, n'auoit pas encore
respiré le premier couplet du
principe de l'Hymne musi-

çal que les fillettes du Géât
Aloé firent aussi tost leurs sacrifices sur l'Helicon, assistees
de Clio, d'Euterpe, de Thalie,
de Melpomene, de Terpsi-
chore, d'Erato, de Polymnie,
d'Vranie, & de Caliope : les
trois graces y sont aussi, A-
glaye, euphrosine, & Ægial-
lee, que diuinement ces belles
vestales donnèrent quelque
peu de graces à ces mignons
du mont Pierreux , qui les
nomment du Grec *Charites*,
pour signe Hieroglyphique
du repos & du contentemét
duquel nous iouïssons au-
iourd'huy, biéheureux d'estre
affranchis des cruautez du

plus inexorable & perfide
d'entre les plus execrables &
prodigieux monftres.

Chimere horrible , dont
l'horreur pourtant n'a gau-
chy le coup l'effect heroï-
que immortel & diuin du
CAVALIER VICTORIEVX,
noftre cher Belerophon,
qui monte fur fon Pegafe,
ceft à dire fur les aifles de fon
courage, a donné le trefpas à
la mort mefme. Iufte iugement decreté du ciel, d'vne
diuine prouidence , ce malheureux faux Amour s'eft
precipité malheureufement
nous voulant perdre dans le
malheur: a finy fes iours d'v-

ne mort tragique de la main
des plus fidelles Gaulois, &
voulant caufer le defaftre du
ciel, s'eft enfeuely dans fon
orgueil (côme vn autre Sal-
monee) en voulant ternir &
mettre au tombeau la grandeur des ames immortelles,
& baftir vne puiffance abfo-
luement Tyranique dans les
mafures de la Gaule.

Mais que dif-je enfeuely,
ô prodige merueilleux / ô
prodigieufe merueille / il a
efté priué du doux repos des
morts, par les mortels mef-
mes, les ayant voulu priuer
de repos durant fa cruelle vie
& l'ont pendu ignominieu-

sement, comme vn traistre,
perfide, & calomniateur
Aman, au mesme gibet esle-
ué que la naturelle malice
auoit fait preparer aux bons
Mardochees, qui tascheroiét
à se plaindre de sa tyranie,
ou à descouurir les longues
trames de ses insignes trahi-
sons & perfidies à nostre diuin & radieux Soleil, qui
donna ceste agreable com-
mission au plus valeureux
de la terre, au braue & genereux CAVALIER VICTO-
RIEVX, qui destrempa le ve-
nin de ce Tigre dans son
sang mesme, au milieu de ie
ne scay quels esclaues qui

l'adoroient.

Ce braue CAVALIER, cogneu des hommes & des Dieux, parle nom de VITRY, cher mary de la belle & celeste ADRASTEE, à laquelle i'ay sacrifié cest enfant de mes conceptions, ayant porté son martial courage pour le seruice de Phœbus, à l'execution d'vn acte si heróïque, que l'histoire fera viure eternellement en la souuenáce des mortels, & le portera sur l'aisle des plus doctes plumes dans le temple de l'immortalité. Mort nostre vie, que la iustice approuue, que la loy authorise, que l'equité

commande, que le droict
conſeille, que la raiſon or-
donne, que l'hiſtoire confir-
me, & que les exemples en-
ſeignent, & qu'on ne peut
trouuer pernicieuſe ſans aller
contre droict diuin & hu-
main.

Grand CAVALIER VI-
CTORIEVX, ſi vn traict de
pinceau fit cognoiſtre l'ex-
cellent Appelles l'honneur
des peintres, ce grand coup
qui retentit aux bords aquatiques du Tage, du Tybre, du
Nil, de l'Euphrate, du Gange
& du Tygre, que voſtre diuine valeur vient d'executer à
la gloire du Soleil, au triomphe des

phe des Dieux immortels, à la conseruation de ce celeste Empire, au repos de tous les mortels, vous fist eternellement viure aux fastes de l'immortalité. Cest des rayons de vostre flamboyante espee (ô braue des braues) que les maux qui nous enuironnoient onteste dissipez, ayát escarté les nuages au leuer du Royal Phœbus, qui a faict tomber dans vn abisme malheureux ce cruel & aueuglé Phaëton qui vouloit conduire son char, cest Assur qui vouloit de ses rameaux toucher les estoilles, & cest Antiochus qui

b

vouloit commander aux on-
des de la mer & peſer les mó-
tagnes à la balance.

Que ſert de tant diſcourir
de l'infortune de ce miſerable, qui auoit pour heredité
la fatale boite de Pandore, ſi
nous ne faiſons paroiſtre ſur
le theatre tragique, la defaite
de l'hiſtoire malheureuſe de
Circe ſa Medee, ſó Alcine &
ſon Vrgande auſſi diforme
que la diformité meſme. Et
faiſons perdre dans le fleuue
Lethé la memoire de nos miſeres qui ſe ſont perduesquát
& quát ceſt Icare, lequel s'eſt
laiſſé fondre ſes aiſles par vne
puiſſance diuine, luy guerroi-

oit que les monts enflez d'orgueil pousser enfanter d'autres natures que des prodiges.

Et que deuient ocre Megere
re infernalement diaboli-
que, quelle Metamorphose,
& quelle horrible mutation
de son bon heur la donne à
son malheur, & quel chan-
gement de sa felicité l'offre
en sacrifice à son infortune,
mere de ces regrets, d'où
naissent ces douleurs. Circé
veufue de son faux Amour,
est conduite par les officiers
d'Astrée dans la prison des
Dieux, & là (trop honorable-
ment) elle deteste ceux qui

l'ont iamais induite de franchir les limites d'Italie pour
voler au ciel, dans lequel, cóme vne autre Hecate qui
auoit funestement donné le
trespas à son Pere, elle auoit
donné la mort à plus de cent
mille mortels, ausquels elle
estoit plus obligee qu'à son
ayeul. Elle fut fille de la Sorciere Hecate & de l'inceste
d'æeté de Colchide, sa sœur
estoit Medee sa belle Ma-
gicienne, mais qui n'excelloit
nullement en cet art diaboli-
que sa sœur Circé, meurtriere
de son mary harmatique,
qu'elle tua de ses char-
mes.

Elle employoit en ſes ſorcelleries de la chair d'vn petit oiſeau, qu'on appelle cómunement Lauãdiere (pource que le plus ſouuẽt elle tiẽt ſon habitude auec des buandieres ſur les riues aquatiques de toutes ſortes de fleuues & riuieres) & par le moyẽ des herbes qu'elle arrachoit de la terre, elle transformoit les mortels en pluſieurs eſpeces d'animaux, c'eſt à dire, elle les rendoit par les charmes ſpeciales, ſtupides, inſenſibles, hebetez, ſans ame, & inſenſez ſans obiects ny de vertu ny de vice. Ceſt pourquoy Virgile, l'honneur &

l'Aſtre de Mantouë en parle
en ſon ſeptieſme liure de l'Æ-
neide.

De la les fiers Lions les liens re-
　fuſans,

On oit ſur la nuict tarde en cou-
　roux rugiſſans,

Les ſangliers porte ſexe, & les
　ours es eſtables

Forcener, & les loups hurler eſ-
　pouuentables

Qui de figure humaine auoient
　par les vertus

Des herbes de Circé inhumaine
　veſtus

En la ſemblance & peau des ani-
　maux ſauuages.

Apres qu'elle auoit faict mé-
　ger aux paſſagers de ſon vin

mixtionné & de ſes nocturnes gallettes, elle s'en venoit
auec vne houſſine deliee toucher leurs cheueux , & pro-
nonçant quelques paroles
magiques les tranſmuoit incontinent en beſtes feroci-
des & ſauuages.

Vlyſſes errant ſur les ondes
de Neptune à l'iſſue ſanglan-
te du tragique Ilion , deſcou-
urit par la ſubtilité de ſon
beau iugemét d'vne grâde in
teruale de chemin vne noire
fumee eſpaiſſe & puante, qui
luy fiſt conceuoir que la re-
gion eſtoit habitable & non
deſerte. Si qu'ayât deuât en-
uoyé quelques ſiens cama-

rades, sous la conduite d'Eu-
rilochus, ils furent receuz par
la Magicienne, auec tant de
paroles emmiellees, & de fla-
teuses caresses, que confus
au milieu de ses delices, ils
furent par le pouuoir de ces
charmes transformez en be-
stes brutes. Vlysse braue Capitaine aduerty de l'infortune de ces compagnons,
court au secours, & chaussát
des aisles à ses talons rencon-
tre au milieu de sa carriere
Mercure desguisé soubs la fiction en vn ieune iouuéceau,
lequel luy donna vn Anti-
dote pour se garentir de ses
enchantemés, & sauuer ceux

qui auoient vicieufement
precipité dans l'immondicité
des imperfections leur rai-
fonnable liberté. Elle a vn fils
de fon faux Amour , que
nous nommerons Caliphó,
vocable digne du fils d'vne
telle mere ingrate à elle mefme & matricide dés la conception de fon enfant, plus
miferable que les miferes , &
plus malheureux encore d'a-
uoir efté afcendant de fi fu-
neftes parens.

Et ce pendant que Circé
deplore fon infortune, le Soleil, le Dieu, le Phœbus &
l'Aftre de c'eft vniuers,
exempt de ces orages &

affranchy de ces foudres &
tonnereux esclairs du faux
Amour, donne à ses desirs ce
que son repos leur deman-
doit, & ce que son contentement respiroit soubs ce repos. Chacun roule apres eux
leur equipage, le parc de la
forest d'Erimathe reçoiuent
leur clarté qui rend illustres
toutes les Driades & Ama-
driades des boys. Ces bons
Dieux, les sauueurs de leur pa-
trie, sacrifient leur presence
en eternité pour la Gaule &
furent par le Stix, vne
fidelle vnion ensemblement
pour maintenir l'estoille du
Nord entre les prosperitez

qui la font paroiftre clairement radieufe. les voicy ie les
voy, ces braues Heros qui re-
tournent au Ciel, chacun de-
uotieufement les attend, on
ploroit leur abfence, auiour-
d'huy la ioye accompagne
leur prefence en noftre felicité, & Mars, Hercules, Mercure, Appollon, & Neftor, bril-
lent de mille brillans honneurs à leur bien venuë, de-
firce genera-lement de tout
le monde.

Le Soleil tout Martial, le
courage & la prudence mefme, pour fe faire voir allié de
Mars, & que fon pouuoir

estend son Empire sur Bellonne, donne cōmission à son
bien aymé, à la construction
d'vne forteresse fondee au
milieu de son Parc, sur la pla-
teforme de Rhea, & toute ci-
métee de matieres terrestres:
la vn milion de signes celestes, de lumineuses estoilles
egales seulement en simili-
tudes corporelles au Soleil,
font esperer de leurs effects,
du futur mille belles actions
qui les rendront diuinement
autant dignes de memoire
que d'eternité; l'Automne se
promettant plus que l'Auril,
offrent à nos conceptions
des Idees toutes enfantees de

la fille Ciel, la saincte & sacree verité.

Tandis ce passetemps, ces
delices & ces heureux con-
tentemens, on execute publi-
quement au milieu de l'Epitome du monde, vn insensé,
vn folastre & vn forçaire esclaue de son malheur qui
pour ne pratiquer les reigles
de la taciturnité, & pour
auoir impudemment donné
à sa langue plus de licence,
que la raison n'ordonnoit, se
precipite (bien qu'estudieux)
de son propre mouuement
dans vne pareille infamie que
ce bon homme hotte de Sa-
leucus; & encores fut il plus

heureux au trespas & au crime, mourant de la main d'vn
Roy, en l'ignorance de son
forfaict, & pour ne receuoir
le blasme apres sa mort, de sa
temerité & folie, tous ceux
estans fols qui passent la pan-
toufle du cordonnier d'Appelles.

Quelques temps apres cete
execution, Circé trop hone-
stement dans vne si saincte
captiuité, vient faire son habitacle dans la prison du Senat, où faisant venir son triste enfant luy dict ces der-
nieres paroles, se doutant
qu'elle franchiroit bien tost
le sein de ce monde:

HEureux soit le iour qui
voit naistre mes nuicts, &
plus heureuse la nuict, qui sobre-
ment esclairera mes funerailles.
Et ce sera à lors que ie me pourray dire contente, si le vray contentement gist en la mort, il me
faudra bien tost embarquer pour
faire voile en l'autre monde, où
i'iray trouuer l'horrible moitié de
mon horreur formidable, & luy
demanderay pardon de son trespas dont i'ay ourdy malheureuse-
ment la trame. Adieu mon cher
fils, ie te laisse orphelin en terre,
non pas pour y celebrer ma oüã-
ge, car elle est odieuse à la memoire, mais pour y viure sans te rendre coulpable de la mort. A dieu

donc, cependant imagine toy que
tu es né de toy mesme : car de te
dire fils de ton pere, & mesme
enfant de ta mere, ce seroit des-
honnorer ton nom de te rendre
coupable d'vne haine publique
par le seul souuenir de nostre estre
iadis; & ainsi fay que ce mal de
nostre exemple soit vn subiet pour
te porter au bien; que nostre offen-
ce ne te donne iamais vn mesme
repentir, & qu'en fin nostre mort
soit la cause de ta vie, ie dis heureuse considerant nos malheurs:
Ne donne iamais d'obiect à ton
ambition plus releué que toy mesme, & ne desire que ce que tu peux
auoir iustement; puis que toute
autre ioüyssance se perd tousiours

par noſtre perte. Noſtre fortune
nous auoit eſleué bien haut, mais
elle meſme nous a faict deſcendre
ſi bas, qu'à peine nous pouuons
nous ſouuenir du lieu de noſtre
deſcente. Mais quoy; pour mon-
ter en haut il faut eſtre en bas,
d'vn ſommet ie ne pouuois facilement aller en l'autre, Dieu m'a
fait cheoir par le merite de mes
crimes & miſerables forfaicts.

Ayant donné à la douleur
& à ſon miſerable enfant ces
triſtes paroles, fait ruiſſeller
de ſes yeux vne mer de larmes, & debonde du rocher
de ſon cœur des ſanglots
tous ſanglans & des regrets
tous enſanglantez de l'adieu

funebre qu'elle donna auec
sa benediction à celuy qu'in-
dignement elle a conceu,
& demeurant aussi stupide
qu'vn tronc de bois, demeu-
re esuanouye & puis reue-
nant d'vne fureur à grand
coup horriblement furieux
martelle son aride poitrine,
& brise en mille & mille pieces ses cheueux.

Au mesme temps que Cir-
cé, chastie par vn particulier
martyre ses offences, le CA-
VALIER VICTORIEVX,
l'honneur de la gloire de tous
les valeureux du monde, au
cóble de son cótentement, se
doué de Lauriers pour se fai-

faire des couronnes, & de
Palmes & de mirthes, & affi-
fté de tous les Dieux du Ciel,
le Soleil donne à fes merites
ce que glorieufement il meritoit. Dans le Palais facré do-
micile impolu de la chafte &
faincte Aftree, noftre caualier
accompagné de la vaillance
de Mars, de la force d'Hercules, de la diligence de Mercure, de la fageffe d'Appol-
ló, de la prudence de Neftor,
& de la magnanimité de Minerue l'Amaxonne paruient
à vne diuine grade digne-
ment capable de luy & ef-
gallemét digne d'icell= char-
ge.

Mis au catalogue des
grands Heros de la Gaule,
l'Hymen Dieu nopcier luy
fait arrester ses opinions par
ces desseins, & enuironné
tout autour de l'ame des
flammes chastement amou-
reuses de la belle Adrastee
fille de ce Pithius qui traitta
l'espace d'vn iour naturel la
puissante armee de Xerxes
Roy de Perse, donne son espoir à l'amitié de ceste diuine
Nemesis, laquelle à son celeste throsne assis sur le pole
Artique & Antartique te-
nant en ses mains le Globe
de ceste rôde machine, estant
aussi aislee comme la victoire

du Caualier qui la va honorer de sa simpathie, & luy fait present par les mains de son Phidias de l'image qu'il fabriqua iadis à Athenes, laquelle auoit des cerfs sur la teste, vn fresne en vne main, & vn vase en l'autre, où il y auoit des Ethiopiés desquels Pausanias, Plutarque & mesme Platon ne peuuent rendre raison.

Noftre Caualier passionné & bruflé des rayons de la belle Adraftee, enflamme tout le monde de ses flammes, & son ame estoit sur le point de se perdre quand vn bon espoir fauorablement luy vint

au secours, & sur l'alme pu-
dicité d'vn papier gratifie celle qu'il ayme de ceste lettre.

IE me suis tellement soubmis
au seruice de celles qui meritent,
que ie ne fais point de difficulté de
congedier ces mots pour vous donner tesmoignage de l'affection que
ie porte au vostre:ce sera peut estre
auec trop d'indiscretion que i'o-
seray vous requerir de quelque
commandement; de vray que si
vous iugez ce que vous estes, &
la profession que ie fais d'honorer
vostre beauté, vous croirez que
mon deuoir ne vous produit que
ce à quoy il oblige à vostre vertu,
dont le nom m'enchaisne des liens
de vostre amitie. Et dés le iour

que i'eus l'o bieEt de voſtre rare
beauté, mille flammeſches de Cypris allumerent leur ardeur dans
mon ame. Ie vous ſuplie d'en agre-
ger le nœud, & croire qu'aucun
bon heur n'aura iamais aſſigna-
tion que ie ne vous aye teſmoigné
par mille preuues d'amitié, l'affe-
Etion de laquelle (mais c'eſt du
meilleur de mon ame) i'honore
voſtre merite.

Ceſte lettre fermees &
cachetee où eſtoit ce chi-
fre de nos amans entrelaſſé,
fuſt baillée à vn fidelle page,
inſtruit par ſon maiſtre comme il ſe deuoit gouuerner
deuant l'aſpeEt de ceſte belle
diuinité: ayant receu ceſte in-

ſtruction s'en va à l'Hoſtel
de la Nymphe Adraſtee, & la
trouue ſeule qui excogitoit
vnIliadE de belle eſperances:
& apres luy auoir baiſé les
mains, luy preſente la lettre,
laquelle elle receut de telle
affection qu'auſſi toſt met-
tant la plume à la main eſcri-
uit celle cy, qu'elle donna au
meſme page.

ME dois je flatter de ceſte
croyance braue, en l'affe-
ction que vous me vouëz par vne
ſi ſincere, & le ſeruice que vous
deſirez me rendre: ouy je le dois,
les graces qui vous rendent re-
commendable, les obligations
dont vous me tenez aſtrainte,
les

les deuotions que i'ay iurees à vos merites, m'obligent & me font croire à ceste opinion, ie sçay beau iour de nos iours, qu'il n'y a rien qui puisse borner la gloire de mon bien, ayez semblable asseu-rance de mon amitié, & voyez ie vous prie que la chaisne en sera si forte qu'elle ne peut commencer son desbris que par la fin de ma vie.

Cette lettre receuë par le Caualier Victorieux, il com-mence par ce bon augure de planter ses Lauriers dedans les Cieux, seme ses gloires sur la terre, & enrichit ses tro-phees de l'amitié de sa belle. Mais quel chantre de Par-

naſſe, peut diuinement eſcri-
re ceſte belle alliance ; car
ADRASTEE faict naiſtre
ce ſubiect & le CAVALIER
VICTORIEVX augmente
ſa matiere, l'vn eſt les beautez du monde, & l'autre la
gloire des Cieux, l'vn la merueille des beautez & l'autre
la beauté des merueilles. Nature luy donne ſon pouuoir
la beauté ſa force, Diane ſa
trouſſe, & Cupidó luy donne ſes traits, Pan luy offre
ſon troupeau, Mercure ſon
eloquence, Iupin ſa foudre,
& Iunon ſes richeſſes, Flore
enuie ſes beautez, Helene ſon
pouuoir, & les Deeſſe ſes

merueilles, toutes ces perfections sont des enuies au
monde & des desseins au *Ca-*
ualier Victorieux, lequel vn
iour trouuant l'opportunité
de parler à elle, remply du
desir de son amitié, tire ces
paroles de son courage: Belle
Nymphe qui faictes gloire du
mespris, qui me faictes vostre
trophee, ie n'eusse iamais pésé
que vous eussiez esté cruelle
à mes yeux pour estre douce
à mon ame. Et tirant encores ces mots de son cœur, luy
dit.

Vous estes l'ornement des
belles, la gloire des beautez,
la merueille du monde & la

perfection de tous les trois, voftre corps eft le Ciel de la nature, & vous le naturel des Cieux, le Soleil a plus de clartez que tous les Aftres ; vos beautez ont plus de graces que les autres beautez, celuy qui veut conter vos perfections afpire à l'impoffible & fe perd dans l'infinité. Il mefure la terre au monde, & conte les eftoilles aux Cieux.

Le Caualier Victorieux forme fon amitié fur vn modelle extremement parfaict, & fes defirs fur ces efperances. Son *Adraftee* qui auoit efcouté attentiuement ce

qu'il luy auoit dit, s'arme de
la douceur & de la clemen-
ce pour en faire vne con-
ionction auec les pointes
de ses paroles. Et comme vn
qui paruiét au souhait de ses
desirs, se precipite du faiste
de son bon heur dans l'abisme de son contentement, les
principes de leur amitié leur
promettent vne heureuse
fin. Les muses iugent du futur, ces vers sont de leur estoc
qu'elles consacrent à l'honneur & à la gloire du Ca-
ualier Victorieux & de la belle Adrastee:

Viuez ô immortels,
Le Soulas des mortels,

De ceste boule ronde:
Que l'horible trespas
Ne vous trebuchent pas
Dans la fosse profonde.

 Que vos chastes Amours
Limitent leurs beaux iours
Au cours de leur essence,
Afin que par mes vers
Soyez en l'vniuers
Aussi bien qu'en la France.

 Ce pendant sur nos Luths
Aux bords de ces paluds
Aux riues du Parnasse
D'vne immortelle voix,
Nos touches de nos doigts
Vont chanter vostre race.

 Et faictes qu'aux accords,
De nos fredons concords,
Qui chantent vos merueilles,

Que vos riches faueurs,
Vour rendent admirateurs,
Des Muses nompareilles.

Ces sainctes filles grati-
fiees à ce bel air poëtique
par ce supreme Appollon,
donnent l'honnesteté à l'hó-
neur & l'amitié à l'amour,
appendans diuinement au
sacré temple de la memoire
les Lauriers & les beautez
vniques de ces belles ames.

Le *Caualier Victorieux*
desire ce que ses opinions
iustement luy persuadér forme mille belles Idees, bastit
de fort beaux desseins, con-
struict des intentions amou-
reuses & s'empare des plus

glorieux espoirs. Son ame
offencee d'vne douce offen-
ce du dard incurable de l'Archerot Cupidon, non de ce
Cupide & faux Amour qui
vouloit l'asseurer mortelle-
ment de ses tragiques traits,
mais d'vne flesche dont les
courans traicts assenent aussi
bien les Dieux que les hommes: Iupiter le Roy des Dieux
mué en Taureau au rauisse-
ment d'Europe ployoit sa diuinité soubs les loix de ce
vray Amour, de ce veritable
accord, de ceste agreable simpathie laquelle embrase d'vn
brasier de felicité ceux qui sõt
regis par le Dieu Hymen.

O douces merueilles d'Amour, dignes d'eſtre admirees par les admirables admirateurs, valeur des valeurs, monde des miracles, ciel des effects immortels, & vous eſprits miraculeuſemét merueilleux, merueilleuſement miraculeux, quelle rareté nópareille à iamais offert à vos yeux ce que la verité donne auiourd'huy à voſtre croyance: vn braue des braues a defait le faux Amour, maintenant il fait le ſincere & le veritable. Ce ſont des actes qui ſurpaſſent noſtre entendement & des effects qui trenchent toutes les gloires du

monde. La beauté fait l'vn,
& la valeur defait l'autre, ils
donnent au ciel ce qui n'est
digne que de l'immortalité,
& presentent à l'enfer ce que
la terre desdaigne.

L'amitié est en *Adrastee*, &
elle est en son Caualier, pouf-
fee de son mouuement, com-
mandee de sa raison, instrui-
te de son Pithius & exhortee
de sa chair Lydie, associe sa
volonté à l'affection de son
cher Amant estant, veufue
d'vn premier espoux duquel
l'image donne des obiects
animez à son souuenir, animez de l'amo qui les donne,
c'est vn Marquis, la viue fi-

gure & la repreſentation de
celle qui diuin l'a conceu, &
l'heritier immortel de celuy
qui la fait naiſtre. On voit
des premices d'vne grande
vertu, ſa naiſſance luy donne
ce que les deſtins ne luy peuuent oſter, & l'Hymenee de
ſa mere luy prepare deſia vn
bon heur pour s'accroiſtre
aux deſpens des Titans entre
les eternitez du plus radieux
Phœbus, & en plus bel aſtre
qu'on adora iamais en eternité.

Cependant que noſtre Ca-
ualier anime ſes penſees des
affections de ſa belle, la malheureuſe Circé enchainee dãs

les fers de ses imperfections
maudit le iour & l'heure de
sa naissance, qu'il l'auoit faict
naistre pour la faire finir à só
commencemét Elle deteste
le sort qui la guide sombre-
ment à son precipice, pour
estre frustree de tant de pos-
sessions que ses charmes pos-
sedoient, & que ses defauts
imperieusement maistrisoiét
soubs la fauorable faueur de
Latone. La nuict mere du
Cahos est son propre, le iour
est son contraire, hait ce
qu'ayme le Soleil, & aime ce
qu'il abhorre. Elle forme ses
cris en plaintes, & les faict
naistre pour l'inuocation des

cruelles rages d'enfer, & des
furieuses furies infernalle-
ment diaboliques. Les trois
fureurs, les trois parques &
tous les esprits de cest abisme creux entendent brui-
re l'horreur de leur nom
par sa voix & par l'echo
funeste de sa stupide captiuité.

Cóbien noire discorde, tó
amertume aelle retenulemiel
de nos plaisirs, faisant gloire
de prendre ceux qui t'ót pris.
Ouure ta poitrine, pour y sé-
tir les traicts malheureux que
la mort y va buter, & ne la
mesprise point, puis qu'elle

te cherche aux defpens de ta
miferable vie. Ton ambitió,
ton pouuoir & tes charmes
ne fe peuuent oppofer à fes
glaçous ; & c'eft folie de te
perdre dans l'infinité de tes
defefpoirs, Mais quoy : elle
deuroit fupplier la terre de
s'ouurir elle mefme, pour l'é-
gloutir, comme Amphiraus
ou comme Curce , dans fes
concauitez, afin de prendre fa
mort où elle a pris fa vie.
Mortels à qui cefte furieu-
fe befte faifoit la guerre de
fes enchantemens, prenez re-
uanche de vos atteintes, en
efteignant celle qui vous e-
fteignoit. Il n'eft plus temps

quelle puisse faire teste à l'infortune pour l'espouuenter,
& ne luy pourra iamais arra-
cher les palmes de sa gloire,
ses vœux ont esté frustrez de
leurs desirs & ses desdains ne
desdaignent plus personne.
C'est vanité, ô horrible Megere, d'accuser les Dieux de
son desastre, & les Astres de
son destin, puis qu'ils sont
immortellement les diuins
complices de tes peines, qui
animent ta douleur laquelle
te fait de Deesse à plain pouuoir, chetiue esclaue mal-
heureusementabiecte. Va, va
& puisse tu viure (si tu ne
meurs) dans les nuicts priuee

de la clarté de noftre
cher Phœbus & le Soleil de
fa Clitie. Cependant nous vi-
urons contés dans nos cieux,
aupres du Soleil de Clitie &
du *Caualier Victorieux* de la
belle *Adraftee*, lefquels d'vne
part & d'autre apres mille
douces careffes mignarde-
ment amoureufes & amou-
reufement mignardes, nos
glorieux amans affocient
leur volontez, noüent leurs
deffeins & lient leurs intentions de leurs effects.

L'opulent Pithius & Li-
dia fon efpoufe, lefquels iadis
traicterent magnifiquement

le puissant monarque des
Perses Xerxes, allant à la con-
queste de la Grece, sont
contens, & s'estiment heureux d'vne tant heureuse,
alliance, & d'vn Hymenee si
splendide que Pelee & The-
tis honteux destrez excellez,
par ces immortelles ames ar-
rachent leurs trophez du téple de la memoire pour ceder le contraire de leur festin,
& le different de l'honneur
& de l'ambition.

Bien que les Dieux radieu-
sement parussent à cest antique Hymen tous reuestus de
leurs deitez & ornez des bri-
lants esclats de leur authori-

té, pourtant la noire discorde lança par eux le foudre de
sa nature en guise d'vne pô-
me d'or. Elle fit de l'ordre
vne confusion, & de la paix
vne guerre. Iupiter de son I-
liade d'impassibles ne peut
estre l'Esculape de ses infirmi-
tez. Voila la guerre rallumee
par tout le monde, au preiudice de tous le mortels, qui
au ressentiment de la fureur
des horribles rages cruellement enragees maudissent &
detestent les autheurs & les
entremetteurs de ce clande-
stin mariage.

Mais bien au contraire de
ces tonnerres grondans,

n milion d'Heros honorét
de leur belle prefence ce bá-
quet. Le Dieu nopcier y pre-
fide les, graces y regnent,
& les vertus yont leur feiour:
Pithius le pere de la diuine
Nimphe Adraftee, le miracle
des cieux & le Ciel des miracles, affifte à la nopce celefte
de fon afcendante. Lidia pa-
roift maternellement pres
le Soleil de fa fille, & femble à ce manifefte que les effects foient plus diuins que
la caufe Belerophon apres
auoir dompté la Chimere
móte fur fon Pegafe laquelle auoit trois formes fi diffe-
réntes que laffreur regnoit

par où elle passoit, le trouue
brauement aux nopces de só
allié & l'assiste auec Persee só
amy qui venoit de deliurer
Andromede du monstre ma-
rin, c'est à dire par Mytholo-
gie d'vn Portente de pensers
qui inquietoiét souu ét ceste
pucelle que Cephee son pere
ne vouloit pas encores ma-
rier.

Le petit enfançon de la
belle Adrastee, veufue d'vn
Heros qui luy auoit laissé
cest almé Dieu potelé pour
la viue image de ses actions,
recognoist des yeux de son
berceau ce que pouuoit vne
telle alliance pour la felicité.

Le nectar & l'ambrosie animent les deitez de leur douceur doucement douce, & la
vertu l'escháson de ceste Brigade reserre dans le deuoir
tous ces conuiez qu'elle có-
uie de prester l'oreille & l'affection à ces Orphees, à ces
Amphions, à Terpander & à
ces braues Musiciens à l'air
de leur respiration.

Voicy *vn beau iour du*
printemps
Qui faict naistre Amour de sa
cendre,
Qui rend tous les mortels contens
Du faux Amour qu'on vient de
pendre
L'Vniuers tristement

Tira sa fin du firmament.

Les Dieux & ce rare Soleil,
Sortant du moite sein de l'onde,
Fait que le iour a son resueil
Commence à resiouyr le monde:
  Qui tragidiquement
  Estoit plongé au monument.

Troupe diuine, & pourquoy
Ne chanterons nous l'Hymenee
Du cher sauueur de nostre Roy
Vainqueur du monstre de Ne-
  mee,
  Et Phœbus flamboyant
  A fait vn coup heureusement.

Voustes ouurès vos penchans rideaux
Afin que tout le monde admire

La lueur de ces grands flam-
   beaux
Où mesme le Soleil se mire,
  Et merueilleusement
  Preexcelle, se va cachant.

Plaisirs au milieu de ce bal
Rauiuez de flammes nouuelles
La beauté & le beau fanal
De tant de belles Damoiselles,
Qui sont de leur mouuement
Des deitez du firmament.

Viuez iamais beaux soleils
Belles beautez, belles lumieres
Puisque vous estes nos resueils
Desusquez nos claires paupiers,
  Du bandeau qui mortelle-
   ment
  Nous offusquoit l'entendement.

Ces bons muſiciens qu'vne douce humeur auoit portez iuſques au ciel de leur origine ſur les aiſles de leurs deſirs & que les diuinitez de ces belles ames auoient exercez en l'exercice de leur deuoir, donnent des effects à la cauſe & donne le definitif à ſon principe. Arion quitte la mer, quitte ſon Dauphin, & au lieu de ſa Laconie eſpere ce que ſon eſpoir luy fait gouter & ce que le gouſt luy fait eſperer. O Dieux quelle melodie doucement douce reſiouyt vos eſprits cependá que ce nectar conſole vos ames riches de vertus & opu
lentes

lentes en gloires ainſi que
dit le nom retourné de la diuine Adraſtee.

Ceux qui preſterent leurs
perfectiós à ce doux Hymenee , & qui de leurs vertus
rauiuerent nos infortunes au
contentemét du CAVALIER
VICTORIEVX, & de ſa chere
ADRASTEE,ne laiſſerent l'ingratitude parmy ſes belles
ames. Elle s'eſuanouiſt en
leur liberalite. qui donna
vne affection extremement
ſolide à ces chantres de Par-
naſſe, de faire mieux, chacun
baille vn depart à la belle Nemeſis , & ſon Caualier luy
donne ſa preſence. S'il eſt vn

feu sa belle est vne Saleman-
dre qui peut l'esteindre en le
rallumant & le faire n'aistre
de sa cendre comme vn Phenix de son trespas. Ses yeux
astres d'Amour luy remet-
tent l'ame, & luy font mes-
priser toutes clartez qui ne
font que tenebres aupres de
leur lueur. Ce font deux
Soleils clairement radieux
lesquels animent les roches
plus stupides, & les marbres
plus endormis, Phœbus qui
luit aux Cieux emprunte
ses ardeurs, & tire par ses
rayons les douces eaux de
Neptune, ils ressemblent &

font contraires au chant de la Nymphe Marine, qui pour eftre trop doux nous font perir pour reuiure d'auantage.

Mais à qui font ces beaux flambeaux, ces belles lumieres & ces eftoilles de mon Nord, dont les obiects efclatterent dernierement fur moy leurs feux, qui pouuoient me faire plonger dans les ondes, fi ie neuffe creu eftre aux Indes où on adore les rayons du Soleil. La courtoifie mefme, le mefme *Rigaud d'Amboife*, me prefenta à l'afpect de cefte opale Indienne qui donne luftre à

toutes les pierres precieuses
ouy à toutes les plus belles
Dames de la Cour, qui re-
çoiuent les influences de ce
bel Astre lequel abrege aux
vns la vie, & aux autres le
trespas, &fait mourir le cœur
du braue des braues quand
son absence luy rauit ses
obiects & doux regards.

Et qui possede ces deux
brandons de Cypris, si ce
n'est le ciel de Lvcrece
Bavhier, *Mareschalle de
Vitry*, le ciel de la nature &
le naturel des cieux. Et qui
est entierement possedé par
le Caualier Victorieux, pos-
sesseur & de la terre & des

cieux, l'vn poſſede ce qui le
fait eſtre & l'autre eſt poſſedé
de ſa creature. Ces diuins eſprits conioincts en ceſte ſim-
pathie Hymenide viuét cap-
tifs & meurent en liberté, la
beauté d'Adraſtee eſt vne
priſon d'Amour, qui fait hô-
te aux beautez de l'Aurore,
c'eſt le ſouhait des Dieux, la
gloire des humains, & l'honneur de l'Vniuers. Qu'on ne
parle plus du iugement du
Berger d'Ida : car ſi i'eſtois
Paris fils de Priam, & que
i'euſſe eſté deputé au iugement de toutes ces belles, ar-
bitre d'vne ſi belle cauſe, la
Celeſte Adraſtee emporte

roit le prix de la pomme d'or
c'est à dire de la gloire vni-
quement deuë a elle : Car
ne luy sçachant que donner,
s'est donnée à elle par mes
mains.

Viuez heureux agreables
Carites & donnez vos ra-
dieuses clartez à cest Astre
brillant qui seiourne ses
Idees dans la plus belle place
du ciel. C'est vn lieu fort
beau, & la beauté mesme
des plus beaux lieux, s'il y
auoit au ciel diuin d'autres
Mars, & d'autres Hercules,
ils deualleoient ça bas pour
participer aux delices de
Phœbus, ce flambeau qui

fur des rouſſins radieux, auec
ſa cheuelure blonde deſnie
au reſte de la terre ſa carriere,
iuſques à ce que la volonté
de noſtre Soleil; par ſon
prompt retour, eut rendu
parfaict ce que ceſt œil du
monde maintenoit en ſa
noire imperfection. Deux
Roys ne peuuent douce-
ment regner en vne meſme
Prouince. Auſſi deux Soleils
ne peuuent heureuſement
gouuerner le monde, l'vn
donc lumineux gouuerne le
ciel & l'autre Royallement
regit la terre, l'ambition, l'enuie & la ialouſie de deux
Monarques ruineroit de

fonds en comble le Royaume de leur regne, deux Soleils brillans de l'abondance de leurs feux intolerables feroient de l'vniuers vn cahos & du monde vn rien. Et la mort feroit plus commune que la vie, & la vie moins inufitee que l'horrible trespas.

Mille opinions populaires rendent Circé de son cachot au trespas, & si elle estoit morte autant de fois que le vulgaire la tient, on auroit horreur, non pas de son crime, mais de ses miseres. Les hommes ne font pas Tigres, il ne font pas du naturel de

l'ours qui brife en pieces
ceux qui l'ont outragé. Les
cieux ont des influéces douces & la terre a des effects
cruels. L'air eft aux Cieux, &
le corps eft à la terre. Si noftre
cadauer materiellement dif-
pofé, noftre efprit diuinement propofe la contrarieté
des imaginations d'vne populace à qui la fureur a plus
de fympathie que la raifon,
& la cruauté, que la diuine &
celefte Aftree.

Mais quoy; cefte chetiue
malheureufe, dignement capable d'eftre inferce dans
mes *Tragiques accidens des*
hommes Illuftres, ne peut gau-

chir le coup de la parque, ses
charmes ont perdu leur pou
uoir, & leur pouuoir l'ont
miserablement perduë : &
precipitee au tombeau de sa
mort. Sa prison bourelle son
ame iusques à ce que l'horreur d'vn boureau d'vn vent
d'acier, finisse ses tourmens
& separe la teste de son corps,
c'estoit vne Deesse de ce siecle, qui vouloit entassant
montagne sur montagne,
porter le globe de l'Vniuers
dans ses fraisles mains. Et
pensant le porter au periode
de sa vie le porte au comble
de sa mort, elle a esté reduitte dans le neant de son estre,

son authorité souueraine en
son infortune a exercé son
pouuoir dans son dómage,
& l'ayant fait adorer apres
auoir esté l'Idole, elle a aussi
seruy de victime pour satis-
faire à son crime.

Horible & espouuentable
Metamorphose, celle qui
disposoit à sa fantaisie des
fauorables faueurs de la fortune, en a esté tellement
chiche à soy mesme, que son
malheur a triomphé de sa
felicité; de sorte qu'entre les
extremitez de ses delices, elle a esté disgraciee du destin,
qui la fait si malheureuse,
que pour honneur à sa me-

moire, il faut croire qu'elle
n'a iamais essentiellement
eu estre au monde. Quelles
exemples, pour les tyrans, &
quelles images pour les fauoris de la fortune, lesquels
soubs les volages loix de
Saturne, ont leur aage
d'or.

Bien heureuse iournee,
quand le Soleil, montant sur
son char lumineux, prit en
main les resnes & la conduite de son Empire, donnant
des yeux iusques au plus pro-
fond des ondes pour des-
couurir les escueils & rochers
plus infames du naufrage
que ces detestables Scille &

Charibde, le faux Amour &
fa Circé, alloient preparants
au preiudice du Ciel , & s'eſt
aſſis dedans la nef d'Argos,
regardant inuiſiblement les
intentions plus miſerables
de ces malheureux, qui ne
paroiſſoient occulairement
qu'à ceux qui auoient la
veuë plus penetrante que
le Linx de l'honneur de
Mantouë , & que ces clairs
voyans du ſubtil Naſon.

  Le Soleil pere du iour
retourne en l'Epitome du
móde, quelque temps apres
que Latone ſa chere mere
s'eſtoit retiree aux extremitez du ciel, en vne forte an-

tique Cité situee sur le torrent Roanois, partie en co-
line de rocher, & partie en
plaine campagne. Elle est
à deux lieuës du *Horreum
Cæsaris*, grenier de Iules Cesar, premier Empereur du
monde. Et là dans ce beau
Chasteau, elle desire passer
le reste de sa vie, & releguer
ses iours aux lieux ou Gelon
l'allié de Rollo de Neustrie
limita sa carriere naturelle.
La sage Pallas belle Deesse,
adorable Princesse, fut luy
dire, A Dieu iusques là où
le regret de tout le monde
& de tous les mortels prit
vn principe xoyant ceste

grande Deeſſe mero du ſos
lal tradir ſa diuine preſence
aux morcels qu'elle ne veut
plus aymer.

Mais pendant coſte re-
grettable abſence de Latone, voyons des yeux de noſtre affection les deux plus
belles ames que la nature de
ce ciel ayent iamais rendus
arbitres de leurs cauſes. Et
d'vn pinceau imparfaict,
grauons ſur le marbre ſolide de la memoire leurs noms
propres & legitimes , &
qu'vn vers face bruire les
perfections de ſa cauſe, &
que ſa cauſe authoriſe leurs
affections. Voicy les Ana-

grammes du CHEVALIER
VICTORIEVX, d'Adra-
ftee, de Pithius, de Pallas &
de Persee, lesquelles (soldat) i'ay faictes à la soldade.

LES ANAGRAMMES
DV CAVALIER VICTO-
RIEVX, de la belle Adra-
ſtee, du riche Pithius, de la
celeſte Pallas & du braue
Perſee ſur leurs noms &
qualitez,

Du Caualier Victorieux.

NICOLAS DE L'HOSPITAL.

DE SON PHATAL SOLEIL.

STANCES.

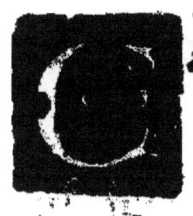 Es vers grand Caualier,
vont perdre leurs doux
Charmes,

Au roulant genereux, de deux flābeaux diuers,

Qui font vn seul esprit de deux
diuines ames,

Afin de pouuoir mieux esclairer
l Vniuers.

Si deux Soleils guidoient ceste
machine ronde,

D'vn instāt radieux crouler leurs
mesmes pas,

Seroit en mesme temps desspeupler
tout le monde

Et y faire habiter la terreur du
trespas.

Et vous couples d'Amans , de
qui les ames belles

Possedent les valeurs, les vertus,
& beautez.

Si vous n'estiez espris de vos flam-

mes nouuelles,
Ce tout esclateroit sous vos diuinitez.

    Merueille de nos iours, CA-
VALIER que i'adore,
Comme vn Phœnix d'amour, vn
Astre des soldats,
Dompte ce bas Breton cependãt
que l'Aurore,
Me faict châter icy tes Martiaux
combats.

    Absent de ton aspect, incogneu
de ta gloire
Sur l'immortalité i'appends tes
vers lauriers:
Te dressant des autels au temple
de memoire,
Afin d'y victimer ces fidelles couriers.

Vainqueur victorieux d'vn
monstre detestable
D'vn tigre, d'vn Tyran, auorton
des enfers:
Vn coup franchit nos maux, &
ton fer redoutable
Feit vn nouueau Cabos entre
mille peruers.
Cependant grand VITRY ta
diuine Adrastee
Vois son Astre sans feux, absent
de son pareil,
Fais de ces chauds souspirs vn ay-
mable trophee,
Et ne la priue pas de son Phatal Soleil.

BOTTEL sieur de GAVBERTIN.

DE LA BELLE ADRASTEE.

LUCRECE BAVHIER,

VEV CE RARHE CIEL.

STANCES.

Astre Soleil du monde &
monde de Soleils,
Où l'on ne sçauroit voir que de
douces merueilles,
Vos beaux yeux sont en vous, à
eux mesmes pareils
Vos beautez sont au monde, à
vous mesme pareilles.
  Les filles d Helicon, Heliconides sœurs
Qui tiennent leur pouuoir sur
le haut de Parnasse,

Me font gouster pour vous le
    miel de leurs douceurs,
Et ie chante pour eux les rays de
    vostre face.

      L'on vous doit bien aimer,
astre clair & brillant,
Puisque vous rauiuez ce vain-
    queur tant propice,
Puis que vous ranimez ce soldat
    esclatant
Ie m'en vas à vos pieds apprendre
    mon seruice.

      Ie veux vous celebrer, mais non
pas comme il faut,
Combien que mon pouuoir s'es-
    saye à vous plaire:
Mais voyant le subiect si penible
    & si haut,
Mon imbecillité me contraint

de me taire

Mais quoy ; ie veux monstrer
aux rais de vostre iour,
Le cours de vostre honneur , la
gloire d'Adrastee.
I'immole à vostre Cœur la defaite d'Amour,
Et victime à vos pieds l'histoire
de Medee.
Ce sont deux clairs flābeaux,
dont la douce manie
Trauersant mes defauts me rendit immortel,
Ou peuuent mes obiects , prendre
nouuelle vie,
Puis que diuinement i'ay Veu ce
rathe Ciel.

A ELLE MESME.

SONET

ACROSTIC.

Vnissez dedãs les cieux, ame des belles ames
Viuez dãs l'vniuers esprit des beaux espris
Charmez ce large tout des brãdons de vos
    flammes,
Rauissant les mortels de vos traits infinis.
Et du choc amoureux de si douces alarmes
Ce braue àvos obiects fust ardẽment espris,
Et pour mieux esquiuer les dangers de vos
    charmes,
Belle vous le prenez, & riche il vous a pris.
Amour dessous les loix du celeste Himenee
Voulut associer par vne destinee,
Heurensément les cœurs de vos diuinitez:
Il fallut à l'instant que vos belles lumieres
Es qui auoient tenu mille ames prisonnieres
Raninmaft ses valeurs aux feux de vo
    beautez

BOITEL sieur de GAVBERTIN.

AV CAVLIER VICTORIEVX

STANCES ACROSTICHES.

Ne vous eſtonez pas, ſi m'eſleuãt aux cieux,

Icare entreprenant vn vol audacieux,

Cherchant dãs vn decours quelque nou-
       ueau Dedale,

Ou bien en Phaetõ voler ſur climats haults

Lácer d'vn ſubreſaut mõ deſir dãs les flots

Aux enfers puis apres ſouffrir cõme Tãtale,

Soleil ne donnez pas voſtre char à mes
       mains

Donnez ſeuls vos rayons dãs mes parfaiéls
       deſſeins.

Et reſpãdez ſur may vos belles inſluences:

Les Dieux vont cõſeruãt la vie des mortels

Hé Dieu, le plus diuin de tous les immortels

Oppoſez à mes feux le miel de vos eſſences.

Sans vos rares valeurs la rage du treſpas,

Precipiteit nos ſens aux manoirs de la bas:

Il ne ſe parloit riẽ, que de fer que de rage:

Tellement que vos yeux flãboyans radieux

Antipodes certains de noſtre dur ſeruage:

L'effeél, fiſt d'vn Enfer de planſibles cieux

e

A L'VNIQVE SIMPA-
thie du Caualier Victorieux
& de la belle Adrastee.

NICOLAS DE L'HOSPITAL:
LVCRECE BAVHIER.

VEV CE RARE CIEL DE SON
phatal Soleil.

SONET.

APres mille defirs , dont la curiofité,
Ce femble me combloit à la felici-
té,
Par contraires effects, d'vn mon-
de intolerable
D'vne Illiade de maux & de pen-
fers fafcheux
Ie fondois des chafteaux fur les

abiſmes creux.

Et deſſus les ſablons de la Lybie
muable.

  Mais enfin tolerant l'ardeur
  de mes eſprits
Vn heroique coup, des Palmes le
  meſpris,
Feit changer mon Deſtin & de
  luſtre & de gloire:
Fiſt de l'enfer vn ciel, & d'vn sõ-
  bre Cahos,
Vn ordre ſoubs les loix d'vn pai-
  ſible repos,
Et d'vn fleuue Lethé vn temple de
  memoire.

  Il faut que les lauriers , les
  Mirthes & les valeurs
Les palmes & beautez , les a-
  mours, les douceurs

Les brillantes clartez & les hõ-
  neurs du monde,

Honnorent en ce temps ce Soleil
  des guerriers,

L'aſtre victorieux des parfaicts
  Caualiers,

Et le refuge ſainct des couriers de
  ma bonde.

   Juſte poſterité eſleue des autels

Et que les ſacrez vœux des infirmes mortels,

Victiment au Caualier & à ſon
  Adraſtee,

Les valeurs des beautez, & mille
  cœurs volans,

Afin d'eterniſer ces glorieux a-
  mans

Qui donnent leurs eſclairs iuſque
  au ciel Empiree.

Ouy, ils peuuent donner au principe des cieux.

Leurs esclats, puis qu'ils sont de
l'essence des Dieux,

Et d'vn estre increé les cieux de la
nature:

Bretagne *m'a rauy l'aspect du*
nompareil,

I'ay Veu ce rare ciel, de son
Phatal Soleil,

Qui pouuoit animer, mesme vne
roche dure.

DV RICHE PITHIVS.

VINCENT BAVHIER.

TV CHERIS VN BIEN.

STANCES.

Flambeau des beaux esprits,
    où mes sens se vont rēdre,
Apres que tes effects les ont rendus confus,
Te peuuent ils louer sans te pouuoir comprendre,
Pourquoy leur monstre tu tant de
belles vertus.

    Bel esprit qui de nul ne peut
estre compris,
Le seul œil, le flambeau du sçauoir
    & des ames,

Esprit qui tire à soy la fleur des
beaux esprits,
Par ta grande vertu & Phœbei-
des charmes.
 Mes yeux & mes pensers,
mes pensers & mes yeux.
Errent aupres de toy au ciel de
tes merites,
Ie veux eterniser ton renom precieux
Mais mes vers sont trop cours,
 & mes forces petites.
 Pere d'vn beau Soleil que ie
veux admirer
D'vn Astre de beauté capable de
louange:
Les plus parfaicts esprits sont
contraints d'aduoüer,
Qu'elle est l'aspect diuin du bel

esprit d'vn Ange.

Rare honneur de Paris, le monde des merueilles,

Le riche Pithius du Monarque
Persien,

Et qui en conceuant ces flammes
nompareilles,

Vouloit mettre ce tout au neant
de son rien.

   Du foudroyant Iupin nasquit
vn Appollon,

Armé de traict de dars, de carquois & de flesches :

Tu fais naistre vn Soleil qui d'vn
brillant brandon

Et de ses deux beaux yeux, faict
aux cœurs mille bresches.

   Et bref c'est la beauté des beautez les plus belles

C'est vn ange d'amour du Phœnix radieux

ce diuin nectar des ames immortelles,

Qui la voit seulement est autant
que les Dieux.

Pour l'Amour des vertus de
celle que i'adore,

Ie t'eterniseray ô riche Pithius:
Tu vas guidans tes pas dans le
ciel de l'aurore.

Et Tu cheris vn bien, de l'a-
mour des vertus.

C V.

A LVY MESME.

SONET

ACROSTIC.

Cinez pere de mon Aurore,
Image vive de l'honneur,
Nemesis belle que i'adore
Cede ces traicts à la valeur.
Et quoy, tout le monde t'honnore
Il ne l'imite son humeur
La fille de ton gendre vainqueur,
Bien heureux vont courtiser Flore.
Au lieu de cest horrible Amour,
Vainqueurs de nous donnent le iour,
Heureux changement de Carite:
Ils vont donner de l'Univers
En la substance de mes vers
Reduits au don de ton merite.

BOITEL sieur de GAVBERTIN.

DE LA SAGE DEESSE
PALLAS.

LOVISE DE LORRAINE
Princesse de Conty.

DEESSE IVNONINE CLAIRRE
estoille d'or.

STANCES.

Epuis le iour fatal, que ie
    vis Adrastee,
I'eus mes sens abbatus d'vn fune-
    ste remords,
Ouurant le cabinet de ma belle
    pensee,
De peindre vos beautez i'ay faict
    tous mes efforts.

Vos yeux font deux flambeaux
    qui donnent estre à ce monde
Phœbus qui luit aux cieux em-

preinte vos ardeurs,

Il tire par ses rais les eaux douces
de l'onde,

Et vous tirez le miel des plus fidelles cœurs.

Quand on voit vos beautez, il
faut auoir des yeux,

Deputez aux regards de si belles
merueilles

De si douces douceurs, de si claires
clartez,

Où les Amours dorez volent autour comme Abeilles.

Les graces en mirant vos ioues
tendrelettes,

Afin que ce fust là leur vnique seiour.

Auec leurs doigts d'argent y firent des fossettes,

Ou Cupidon depuis a faict vn ciel
d'Amour.

Quand on voit voſtre main qui
porte le trophee
De mille cœurs qu'amour eſtreint
dans les beaux rets,
Il nous faut aduoüer que ſãs eſtre
eſlancee
Elle bleſſe les mortels de loin comme de pres.
Voſtre cœur encerné de courageu-
ſes flammes,
Regit ſoubs ſon pouuoir le globe
des hauts cieux.
Et maiſtriſe auſſi mille diuines
ames,
Vn monde de Soleils clairement
radieux

Et puis quand on entend voſtre

belle eloquence,

Il ſemble que les Dieux par vn
immortel cours,
Trauerſant les maux fondent
leur alme eſſence
Qui ſe vient diſtiller dedans vos
beaux diſcours.
Qu'on voye les cheueux de voſtre deité
Ce ſont autant de rets qui capti-
uent nos ames.
Ce ſont des beaux chaiſnons dont
la fatalité
Entraue en ſes contours & les
dards & les flammes
Et quand le monde voit voſtre
belle preſence,
Qu'on contemple le port & trãſ-
port gratieux,

Qui vous faict voir à tous, soubs
　l'humaine apparence,
Vne sage Pallas, & Deesse des
　cieux.
Et voſtre diuin nom, que les hom-
　mes reclame
Rend voſtre bel eſprit l'eſtoille de
　mon Nord,
Et tournè vous comprend dedans
　ſon anagramme,
Deeſſe Iunonine & claire e-
ſtoile d'or.

DV RICHE PITHIVS.

VINCENT BAVHIER.

TV CHERIS VN BIEN.

ANNOTATION.

LE bien que voſtre belle
ame cherit ô Pithius,
c'eſt la vertu dont vous eſtes
riche, laqu'elle eſt le propre
& ſouuerain bien des mor-
tels. Toutes les autres choſes
humaines ne ſont point de
duree. La gloire des richeſſes
s'eſcoule fragilement : mais
voſtre vertu ſe fait paroiſtre
naturellemét eternelle , tous
biens ſuiuent les vertueux,&
toutes les miſeres le vice.

Ceſte diuinité ſe communi-
que à nos ſens malgré les có-
trarietez de noſtre pernicieuſe nature & illuminant les
entendemens de ceux qui la
poſſedent ſe faiçt manifeſte
meſmement à eux qui ne
veulent (iniuſtes) ployer ſous
ſes Diuines loix, le Decame-
ron dict *Nous ſommes tous eſ-
gaux , mais ceux qui furent
les plus vertueux furent ap-
pellez nobles,* vous auez tant
donné de preuues de voſtre
vertu, que toutes choſes portent les marques de vos honneurs , & rien en fin n'eſt
digne de vos merites , &
ſemble quevous ayez faitau-

trefois le voyage du Ciel
pour apporter ce precieux
threfor au monde, qui eft le
trophee de voftre reputation
au comble de voftre felicité,
laquelle eft la celeste vertu
ancienne ennemie dela tom-
be, le trompette de voftre
gloire, & le fondement foli-
de de toute glorieuse No-
bleffe. Herodote efcrit que
Pithius de Lydie fut vn des
pl⁹ riches hómes de l'Afie lequel receut & traitta magnifiquement par l'efpace d'vn
iour naturel l'exercite de Xer
xes fils du Roy Darius grand
Monarque des Perfes, qui
fe montoit iufques au nom-

bre de 788. mille hommes.
Et mesme Pline & Budee escriuent qu'il offrit à Xerxes
(de sa maison) vne somme
infinie pour soldoyer son
camp l'espace de cinq mois,
& le fournir de bled. C'est la
mesme courtoisie, qui preste
à nos sens ce que l'ingratitude leur auoit denié, & desnie
à l'ingratieux, l'vsurpation
de nos sentimens. Et c'est
tousiours l'ordinaire des hómes studieux de cherir ceux
qui possedent la vertu, &
les richesses, autrement le defaut de l'vn ternit le lustre de
l'autre, & c'est pourquoy cecy a esté dit gentiment par

Sophocles:

Richesse sans vertu ne peut esle-
   uer l'homme,
Ny la vertu celuy que l'indigence
   assomme.

Car pour rendre vn mortel
heureux, il faut necessaire-
ment que tous les deux s'as-
focient ensemblement, où il
ne luy reste qu'vne defe-
ctueuse imperfection, qui ne
luy sert non plus qu'vn o de
chiffre. Soyez beau vertueux
& fidelle, si le traict de Ce-
phalle n'est entre vos mains
vous ne pourrez iamais rien
prendre, ie ne sçay si le siecle
est ingrat, ou si ce sont les
personnes qui sont dedans:

mais toutesfois de contraires effects, on remarque trois
chofes, la premiere que ceux
auiourd'huy qui gagnent la
reputation de Poëtes ou de
fçauans (comme dit Daudiguier) perdent incontinent
celle du fage entre le monde
qui eft vne cage de fols, l'autre, l'ingratitude qui a fon regne au defaut de la libealité
qui eft morte au monde, &
ie croy qu'elle eft allee recher
cher la bas le familier d'Au-
gufte , iufques à tant que
quelque bon Mecenas, la fai-
fant eftre en Phenix, fort ra-
rement, effentiellement nai-
ftra de fon trefpas, & pren-

dra vie des cédres de sa mort:
la derniere est qu'auiour-
d'huy on voit occulairement
les personnes studieuses fre-
quenter plus les maisons des
riches , que les riches celles
des hommes sages & sçauás,
& à ce propos fut faict dernierement ceste Epigram-
me.

Dy moy amy que vaut il mieux
  auoir
Beaucoup de biens , ou beaucoup
  de sçauoir,
Ie n'en sçay rien, mais les sçauns
  ie voy
Faire la cour à ceux qui ont de-
quoy
    C'est vne chose veritable,

& vn dire fans fiction, que
l'aymerois mieux eftre le me-
decin que la maladie: car les
malades cherchét toufiours
les fains. Nous ne pouuons
plus voir en ce prefent fiecle
vn Seneque chez Neron, vn
Ariftote auec vn Alexandre,
vn Platon pres Denys, vn
Plutarque chez Trajan, & vn
Ronfard à fon Monarque
Gaulois, fi ce n'eft chez toy ô
Diuin Pithius cogneu des
hommes & des Dieux par le
nom de *Vincent Bauhier de
Beaumarchez.* Ta maifon eft
le Palais des Mufes, le Paradis
des belles ames, & le ciel bié
heureux des plus beaux ef-

prits. Celeste habitacle qui a faict esclorre du centre de son eternité ton aimable Adrastee, pour laquelle immortellement d'vn pinceau à la soldade i'eterniseray des merites, que ie vais glorieusement appendre au diuin temple de la memoire, releuees par dessus tous honneurs.

DE LA

DE LA SAGE PALLAS.

LOVISE DE LORRAINE
Princesse de Conty.

DESSE IVNONINE CLAIRRE
estoille d'or.

ANNOTATION,

SAge Deesse, belle lumiere
de nos iours, le Ciel a af-
séblé toute la grace & le merite qu'il auoit pour partir à
vostre ame diuine, ce que le
destin naturellement a faict
vostre. Vos ayeux ont surmó-
té l'Asie, par les preuues de
leur valeur, & par les effects
de vostre vertu vous surmó-
tez tout le monde, iuste po-

f

sterité qui tiens le regiftre
des actions, & le *facifculus tē-*
porum des effects heroïques
de ces belles ames dont Pallas
eft afcendante, d'vne bruian-
te voix d'airain, enflez les ondes de Neptune au croule-
ment de vos refpirations, &
trenchez les Atomes du ciel
Æ theré, de l'efclat de vos airs
au releuemét des figures immortelles de ces grands Heros , qui conduirent vainqueurs , aux terres Idumees
mille belliqueux exercites,
apres auoir d'vne fainéte pieté, vendu leur domaine, pour
porter les fanglans feux qui
cófommerent en leurs flam-

mes,ces perfides Sarazins, lefquels dans les murs de Sion,
veirent le Soleil des soldats,
l'vnique Godefroy de Builló
foudroyer du foudre de Bellone les ports de Tyr,de Iaffe
& d'Acre, conuertiffant les
campagnes Paleftines en fág
horriblement fanglant &
chaleureux. Vous foudroyez
belle , fage & faincte Pallas
du fatal flambeau qui vous
donne eftre , & de l'effence
duquel participez, les enne-
mis de voftre propre nature,
naturellement vertueufe , &
qui peut à bon droit porter
nompareille le tiltre de fageffe, de laquelle vous eftes l'i-
f ij

mage, l'exemple, & les effets.
Vous estes le Paradis d'A-
mour, l'Ange des beautez, le
ciel des vertus, le Parnasse des
Muses, le Palais du Soleil, &
le téple Gaulois où le Phœnix va renaissant de ses propres cendres, prenant vie de
son trespas. Iamais Iupiter
(au rapport de nos peres) ne
receuttant de courtoisie que
quand inuesti par la troupe gigantine, Pallas armee de
sa vertu feit succóber les per-
nicieux desseins de ceste brigade mutine, & rendit au
ciel la Carite.

DV CAVALIER VICTORIEVX
NICOLAS DE L'HOSPITAL.
DE SON PHATAL SOLEIL.

ANNOTATION.

Douces manies d'A-mour qui de l'ame a-moureuſe s'eſcoule amou-reuſement dans les cœurs des fidelles moitiees de deux flambeaux en vn Soleil, pour quoy donnons nous ce titre au valeureux Vitry du CA-VALIER VICTORIEVX, c'eſt le dompteur du plus cruel Tigre, & du plus fier Ours que la nature ait iamai

f iij

relegué en la terreur des af-
freuſes foreſts, & que l'Affri-
que mere nourrice des prodiges ait conceu de l'horreur
deſes horribles entrailles. Vn
Tygre d'une mort, nous precipite dans noſtre malheur,
& ce tyran non content de
gehenner cruellement nos
ames, rauiuoit nos corps,
exerçant par ce moyen vn
monde de martyres & vne
Iliade de treſpas. Ce braue
des braues, l'vnique des vniques, le Phenix des Phenix, &
le parfait de tous les plus parfaicts Caualiers de ce temps,
par vne metamorphoſe a fait
d'vn enfer de Bellone vn ciel

de Carite, d'vn torrent d'oubly vn temple de memoire,
de la nuict vn iour, redui-
fant le cahos au neant de fon
eftre pour le faire finir au
principe de l'Ens, & fait ac-
courcir lesmiferables miferes de ce tout en la perte de la
confufion qui offufquoit de
fes tenebres nocturnes lesob-
iects clairement radieux des
immortels. Et ie m'en rapor-
te à la verité, aux iuftes Dieux
creatures increees, principes
fans commencement & eter-
nitez de toutes eternitez. En
la deffaite du faux Amour
nous auons donné vn traict
de noftre pinceau fur l'Ana-

gramme du Caualier parfait:
mais non pas selon son merite, ains selon noftre infuffi-
fance, & noftre ignorance,
qui nous eft auffi commune
que l'honnefteté luy eft familiere & hereditairement
naturelle: il eft triomphateur
& doibt f'efleuer des ftatuës
és temples & places publi-
ques, & c'eft le moins qu'on
doit à fon merite felon les
Loix de *l'Ouation* des Romains. Au lieu mefme où le
Capitaine auoit obtenu quel
que victoire du temps des
Romains, on dreffoit vn ar-
bre inacceffiblemét haut duquel on arrachoit toutes les

branches pour y placer les armes du vaincu, en memoire
& honneur du victorieux &
s'appelloit *Trophee.* Saluste
escrit que Pompee ayant de-
bellé les Espagnes, planta ses
Trophees au sommet des
monts Pyrenees : & mesme
Saül ayant vaincu Agag Roy
des Amalechites, sur le mont
Carmel, erigea vn arc triom-
phal en memoire de ces victoires. Nostre *Caualier* ne
peut faire son triomphe que
dans les Cieux: car la terre est
trop basse à ses merites &
trop materielle pour sa diuinité. *Et* s'il fait son Triomphe dans le Ciel, il faut qu'il

plante son trophée dans l'infinité de l'infiny, & que l'vniuers soit l'honeur de ses des-
poüilles. Pour auoir obtenu
vne victoire vniuerselle, ie
l'ay surnommé du nom de
CAVALIER VICTO-
RIEVX, à l'imitation de nos
peres. Saluste dit que les Me-
lus qui furent trois en nombre, acquirent des epithetes
du public ; l'vn pour auoir
vaincu Iugurtha, & conquis
son Royaume de Numidie,
fut nommé *Numidique* ; l'autre Quintus Metellus, pour
la victoire heureusemét ob-
tenuë contre le Roy de *Ma-
cedoine*, fut surnommé *Mace-*

donique; & le 3. Cretique à cause de l'Isle de Crete. Pompee sut
nommé le *Grand*, *Alexandre
heureux*, *Quintus* Fabius *Cun-
ctateur*, Iules Cesar *Empereur*,
Scipion *Numantin*, Scipion
Affriquain, & Scipion *Nasi-
que*. Aussi Mumius fut nommé
Achayque, Marc Marcel, *le
cousteau d'Hanibal*. Mais de
toutes fantaisies fantastique-
ment imaginatiues, ie trouue ces surnoms moins beaux
& glorieux que celuy du
CAVALIER VICTORIEVX,
qui est vn ambre aupres de sa
chere Adrastee, le naturel des
Cieux & le Ciel de la gloire.
De quelles couronnes cou-

ronneros nous les merites de
noftre Caualier; fera-ce de la
courne Obfidionale, Trió-
phale, Ovalle, la Ciuique, la
Murale, la Nauale & la Ca-
ftrenfe; non, celles là font in-
fuffifantes pour luy, il luy en
faut dedier vne desHecatom-
bes de nos vies propres : Car
nous penfons qu'il merite la
couronne du monde, & il eft
defia couronné de celle dès
cieux, DE SON PHATAL
SOLEIL, fa vaillance prend
fes valeurs aux beautez de fa
belle fon Soleil, & fes effects
ont leur caufe en fa fatalité.
Ce Soleil le brufle pour lefai-
re d'auantage viure, & luy

donne la vie en defpit du
trefpas. Le Phœnix renaift de
fes cendres, noftre Caualier
anime fes fens de flammes to-
lerables de l'image d'honneur & de la plus belle de
toutes les Dames du monde.
Mes difcours ne font pas de
la conception de Medius, la
verité eft mon Cadran, & les
effects mon horloge, ie ne
flatte iniuftement, ce n'eft
pas vne faute de fuiure fon
deuoir, il ne faut donc point
d'excufe pour fe iuftifier, vne
ame foiblemét mortelle frap
pee des doux regards d'Adraftee meurt fubitement, &
ceux qui ne la voyent mef-

mement pas, font cötrainêts
de l'adorer, fon Caualier s'op-
pofe à fes efclats & brife fa-
cillement les charmes de ceste vnique Soleil d'honneur
que i'adore.

DE LA BELLE ADRASTEE,

LVCRECE BAVHIER,

VEV CE RARHE CIEL.

ANNOTATION.

ANimé des feux d'vn Soleil, auquel dernicre-
ment à l'obiect de fa belle
preféce, ie me iugay temerai-
remét capable de tracer fans
dificulté toutes les perfectiós, que la mefmei Caliope

ne peut comprendre, fans
franchir maints obftacles &
efprouuer mille traicts infinis, de l'ame desbellesames,
O miel, à l'entour duquel les
amoureufes abeilles volent,
& Nectar fur lequel folide-
ment le CAVALIER VICTO-
RIEVX fonde só eternité, que
mon pinceau en feintes idees
ne te cóprét il, puis que tu le
veux cóprédre, & en le com-
prenant il cóprendra la gloire de tout le móde. Vos yeux
font deux aftres clairemét radieux, la fource des obiects
qui rendent dedans le monde la captiuité au milieu de
fon eftre. Viuez aux Faftes

de l'immortalité douce guerriere & ne guerroiez essétiel-
lement ceux qui vous demá-
dent la paix. C'est estre meurtriere de nos ames, en l'inter-
uale d'vne langueur, puisque
vous dónez la vie aussi com-
munement que le trespas.
L'Amour vous quitte son
carquois, & la mort sa faux
espouuentable. Vous estes le
Phanal des beaux esprits, &
la mere tutrice des belles a-
mes. On vous peut bien admirer, adorer, reuerer, mais
non iamais vous compren-
dre, il faut que vous, ou la per
fection qui s'est donnee vo-
lontairement à vos rayons,

ne pouuant vous 'donner
mieux, comprenne la cauſe
de ſa cauſe, & tire de la ſub-
ſtance de ces beaux effects le
principe de ſa diuine gloire.
l'Auril de mon aage vous
donne des autels, & mon Au-
tomnide temps vous dreſſe-
ra des temples, dans leſquels
ie feray ſacrifice, mes prieres
feront l'encens, mon corps
le feu de la victime, & mon
ame la deuotieuſe hoſtie. Cō-
ſommé de mes propres feux,
bruſlé de mes affections, dás
les flammes de mes deſirs,
i'iray renaiſſant en mon treſpas cóme vn noúueau Phœ-
nix, & heureux en vous ſer-

uant à l'heure de ce mortel
decours sur le point de mon
precipice ie chanteray mon
doux malheur comme le Ci-
gne sa mort aux bords aquatiques des riues de Meandre.
Ceux qui seruent les Dieux
ont plus d'intelligence que
le commun des hommes.
Vn Roy cherit dauantage
ses domestiques, bié que naturellement tous soient ses
subiects. Qui est aymé des
Dieux est aymé des hommes,
& qui est aymé des hommes
est aymé des Dieux d'vne
amitié dont les fondemens
sont solides.
Phœbus anime sa Clitie, Ap-

pollon fa Daphné & le Ca-
ualier Victorieux fon Adraftee : Alliances triplement
heureufes & heureufement
triples. Phœbus eft le Soleil,
Clitie cefte agreable fleur qui
s'anime de fa prefence, Apollon l'amateur des Mufes,
Daphné la nouuelle Deeffe
de ce Dieu porte-laurier, le
Caualier Victorieux le vainqueur & dompteur du faux
Amour, & vous ô belle, dont
les beautez radieufes m'ont
faict entreprendre l'impoffible, & dont les rares vertus
ont influé en ma Caftalide
bonde, ces couriers de voftre
gloire, qui vous font le ciel

empirée exempt de moüue-
més locaux, remply d'vne infinité de belles intelligences.
Vous estes donc incompre-
henfible en voftre grandeur,
qui comprend tous les au-
tres cieux en fon enceinte. Il
ne faut point de Soleil pour
vous efclairer, vous en auez
deux affez beaux qui illumi-
nent glorieufement voftre
gloire. Heureux (en equiuo-
que) celuý qui franchiffant
les boutafques de ce monde,
participe des obiects miraculeux de ce Paradis d'Amour,
& dont les fortunées aduen-
tures luy peuuent ioyeufe-
ment faire dire, *I'ay veu ce ra-*

rhe ſiel, où ſont aſſemblées
routes les merueilles, pour
faire vn de ces iours vn miracle donnant eſtre à ce qui
n'eſt pas, & faiſant de rien vn
homme perdu dans le neant
de ſon eſſence. Quand voſtre
belle bouche prononça ſes
paroles; *Eſt-il poſsible que vous
ayez faiɛ̃t cela?* vous cogneu-
ſtes diuinement agreable
Deeſſe, que i'eſtois inſufiſant
pour chanter & celebrer vos
eternitez, qui me font quiter
pluſieurs infirmes ſubiecɬs,
pour (donnant en eterni-
té) m'eterniſer moy-meſ-
me, ſoubs l'adueu de voſtre
beauté. Vainquez, domptez,

& exterminez le fort au milieu de fes doux charmes, &
répliffez la terre & les cieux
de vos amoureufes allarmes,
cependant que ma Lire, qui
ne refpire que voftre feruice,
affiftee d'Orphee, d'Am-
phion, d'Arion, Terpandre,
de Linus & de toutes les Mufes du mont Parnaffe, bruira
en voix d'airain par l'Vniuers les gloires, les palmes,
les honneurs & les beautez
parfaictement douces d'vn
bel Ange du ciel d'Amour, &
de ce ciel qui fupreme fur
tous les autres cieux, receura
la fincerité des mes prieres,
lefquelles toutes enflámees

d'affection, finiront à leur
principe, & commenceront
à leur definitif, pourtant ne
laisseront de trauerser les rou
tes du ciel de la Lune, de
Mercure, de Venus, du So-
leil, de Mars, de Iupiter, de
Saturne, le Firmament , le
Ciel cristalin, le Mobile & le
vostre Empiree (Belle Dame,) que ma briefue oraison
penetrera , iusques à sa
supremité. ¶ Lucian ez dia-
logues (parlant de Pallas)
introduit Iupiter enfantant
de Vulcain luy seruant de sage femme , tenant à deux
mains vne forte & bien tran-
chante coignee auec laquelle

il luy fend & ouure la teſte,
fenduë en deux, il en ſortit
vne fille toute armee, & ne
luy falut ny Lucine, ny vne
quantité de femmes pour luy
faciliter ſes couches, comme
ils ſont à celles qui ſont en
trauail d'enfant, puiſque Pallas naſquit ſans mere. Ceſt
pourquoy ceux de l'eſcolle
de Pythagoras, luy conſacre-
rent le nombre de ſept. Homere au 4. de l'Iliade, dict
qu'à ſa naiſſance il plut de
l'or à Rhodes. Aucuns veulét
dire que Pallas & Minerue
n'eſt qu'vne, ce qui contre-
uient aux eſcrits de Ciceron
plus probable que tous les
poëtes

poëtes qui l'one deuancé en
son 3. liure de la nature des
Dieux. Toute clarté vient du
Soleil, & toute chose *Claire* a
quelque *Simpathie* auec le
bel *A*stre. Vous estes ô Deesse
sacree & diuinement immortelle, *vne Deesse Iunonine clai-*
re estoille d'or, c'est à dire vne
diuinité, heureusemét douee
de vertu & de richesse, & vne
estoille des plus radieuses du
Soleil Phœbus. Estoille dis-je
si pure & tant eternelle, que
l'or Hieroglyphique de l'immortalité, & le Soleil des
mortels, donne son lustre à
celle qui illustre par la splen-
deur de ses rayons tous les

autres Dieux. Viuez donc à
iamais diuine Deeſſe, Sage
Pallas, riche Iunon, Soleil de
clarté, radieuſe eſtoille, &
belle image toute d'or, &
donnez de vos rayons ra-
dieuſement dans les lambris
de la Gaule, pour faire de la
nuict vn iour, & du iour le
Ciel de la douce & triple
Carite.

DV FILS D'ADRASTEE.

LOVIS DE LA TRIMOVILLE

L'OYALE LOY DE MIL
VERTVS.

STANCES.

ENfant roule tes ans, soubs
l'aisle du bel Ange
Du Paradis d'Amour le miracle
des cieux,
Iusques à ce que le ciel prepare à
ta loüange.
Vn throsne cimenté du sang de
tes ayeux:
Quand ie mire ton port, ton aspect & ta face,
A celle de l'Amour, & tes

bras potelez.

On t'imagineroit de sa diuine
race,
Si ta belle Venus t'auoit les yeux
bandez.

    Non tu n'es point ce Dieu,
mais vne estoille claire
Qui lance ses rayons aux rais de
son Phœbus
Cest Astre te retient pour le
Mars de sa gloire.
Et pour Loyale loy de mil al-
mes vertus.

DE GANIMEDES ALLIÉ
DV SOLEIL.

HENRY DE BOVRBON,

BON HEVR DE BON ROY.

SONET.

CRouflant tes bras neruaux,
　　　de dix mille alarmes,
Du secours immortel de cinq au-
　tres grands Dieux,
Tu sappe les desseins, les desirs &
　les charmes,
D'vn tyran ascendant de Nem-
　brot l'orgueilleux.
D'vn portente cruel qui de l'eau
　de nos larmes,
Horriblement faisoit vn Nectar

g iij

doucereux,

Et vainemens auſſi de l'obiect de
ſes armes,

Voulois faire trembler & la
terre & les cieux,

Au cours de quelque temps
ta force martiale

S'oppoſa aux rigueurs de ceſte or-
gueinfernale.

Ennemy capital de raiſon & de
loy:

Puiſque par les effects de ton
alme courage,

Tu nous as liberez, au bō heur
de bon Roy.

Phœbus par ſes rayons briſe ton
dur ſeruage.

DV FILS D'ADRASTEE.

LOVIS DE LA TRIMOVILLE

LOYALLE LOY DE MIL VERTVS.

ANNOTATION.

Enfant, plus chery des Muses de Parnasse, de Venus,
de Pallas, & du bel Ange des
cieux, qu'Adonis qu'Appollon, & que mesmement cest
archerot que nous apellons
par Metonymie Cupidon,
qu'on tient estre le maistre
des Dieux de la Poësie. Quád
au milieu du radieux Palais
de ta mere Adrastee, ie con-

g iiij

temple ton petit aſpect, tes
bras potelez, ta gorgerette
d'albaſtre, ta bouche de co-
rail,& ton port ſi naif que les
beautez meſmes vn iour te.
rauiront d'entre les bras de
ta chaſte Cypris pour leur
Amour le genie, qu'ils ado-
rent. Mais ſi ces folaſtres pé-
ſoient en leur rauiſſement
t'enleuer vne eſſence de ce
puiſſant demon, ſeroit vai-
nement precipiter leurs eſperances dans vn abiſme
d'Abus,& abiſmer leurs deſ-
ſeins dans vn gouffre d'er-
reurs:car tu ne peus eſtre volage ny cruel,puiſque diuinement tu fus enfanté du ciel,

comme Pallas de Iupiter,
Heureux, & mille fois heureux, puiſſe tu eſtre en ton
Auril au contentement du
plus beau Soleil de l'Vniuers , vn des Aſtres radieux
& particulierement proche
de Phœbus, qui ne te pouuât
aſſez donner ſe donnera luy
meſme à toy , comme à ſon
bras de victoire ou à ſa *Loyale*
loy de mil uertus: Mais bien de
dix mille & de l'infiny meſmement, qui ne peut eſtre li-
mité par les Deitez, encores
faut-il qu'elles ſoient heureuſement les plus ſupremes
en eternité.

DE GANIMEDES ALLIE' DV SOLEIL.

HENRY DE BOVRBON, BON HEVR DE BON ROY. ANNOTATION.

Gánimedes, fut rauy par l'Aigle de Iupiter , & emporté aux Cieux pour feruir defchanfon au maiftre de l'immortelle troupe, au lieu d'Hebé, fille de Iunon qui auoit efté difgratiee. Il eftoit fi honnefte & gratieux qu'il fut eftimé capable de l'honneur d'eftre Efchanfon de Iupiter, non pour en abufer à fon plaifir, comme quelques vns ont voulu di-

re, ausquels s'oppose Homere au 29. de l'Odyssée disant.

Ericton engendra Tros le Roy
des Troyens.

Tros se veit trois enfans Princes
des Cytoiens.

Ilus & Assarace, & le beau
Ganimede

A qui toute beauté des autres
hommes cede.

Et son honesteté fut cause que les
Dieux

Le voulurent auoir & transfe-
rer aux cieux.

Afin comme Eschanson il leur
versast à boire.

Et requist parmy eux en eternelle
gloire.

Apolonius Rhodien dit

que Iupiter le rauit afin qu'il
paſſaſt le reſte de ſa courſe
iournalliere en la compagnie
des Dieux & luy fiſt on aual-
ler du Nectar pour le rendre
immortel. Xenophon au
Banquet, eſcrit que Gani-
medes fut enleué aux Cieux
pour la beauté de ſon Eſprit
& non de ſon corps, comme
pluſieurs folaſtres ſe ſót ima-
ginez. Suiuant ceſt aduis on
tire le nom de Ganimede
non pas de *Ganimi*, ſigni-
fiant banqueter & faire bonne chere : mais de trois mots
ioinéts enſemble pour ſigni-
fier l'excellence de merite, do
prudence & conſeil *Aganny*,

&medos, Ciceron dit par My-
thologie que Ganimede est
l'ame humaine, que Dieu rauit à soy à cause de la sagesse
d'icelle. Et la plus belle ame
qui soit, c'est celle qui le
moins est soüillee des ordu-
res & saletez mortelles, &
moins subiecte aux pollu-
tions corporelles, c'est celle
que Dieu ayme, & rauit à
soy. Par ce que Ganimedes
qui est ceste belle ame, lequel
estant fils de Laomedon, eut
vn fort subit accident, qui
arriua sans y penser, le vulgaire à voulu croire qu'il eut esté
rauy par vn Aigle, & disent
que pour ce benefice Iupiter

fit ledit Aigle le maiſtre & le
Roy des oyſeaux. Ganime-
de donc puiſque tu és ce bel
& diuin eſprit, que noſtre Iupiter, & que noſtre Soleil radieux deſire retirer à luy, en-
tretiens ces ſainctes perfections, ne donne bride à ta
vertu de peur que le vice
luy donnant carriere la ſur-
monte & la poſſede. Et demeurant vainqueur de la pa-
tience & de la conſtance, tu
fois puis apres vn des plus
beaux & premiers Aſtres d'a-
pres le Soleil, duquel tu feli-
citeras le regne, & feras im-
muable, le *bon heur de noſtre*
bon Roy, qui donnera à tes

merites ce que glorieusemét
ils auront merité, & de ce
qu'heureusement ils seront
dignes.

DE NEPTVNE DIEV DE
LA MEDITERANEE.

CHARLES DE LORRAINE

LE CLAIR ASTRE NE' D'OR.

STANCES.

PRince clair Astre nompareil
Issu d'vn radieux Soleil,
Qui dans les plaines Aunoyques
Plongea ces Allemans ruraux,
Et leur butin dans les tombeaux,
Changè en piteuses reliques.
Estoille vnique de la Foy,

Qui tiroit le ciel apres soy,

Portant pour marques honnora-
bles,

Mille accidens que les hazards

Fils de Bellonne & fils de Mars

Tiennent de ses effects loüables.

　　Cest pourquoy le siege Ro-
main

De ioye l'armera soudain

Au traict des faicts de Macha-
bee:

Qui reuestu de son harnois

Acquit le los de plusieurs Roys,

Et la saincte flambante espee

　　On n'a que faire de crousler

Les vieux tombeaux de Iupiter

De Cesar & de Charlemagne:

Puis que ton pere, Grand Herot,

Les surpassa, les armes au dos

Seul en l'enceinte d'Allemagne.

  Et toy cher Astre de Phœbus

Alme ciel des riches vertus,

Ie ne crains de toucher de ma

  plume

Tes faicts, ta gloire & ton hon-

  neur,

De peur de coucher leur gran-

  deur

Au pied d'vn trop petit volume.

  Mais si le sainct throsne des

  Dieux,

Vn iour fauorise mes vœux,

Ie te pourray peut estre escrire,

Des Muses ce riche thresor,

Et puis Le clair astre né d'or.

L'ornement du Gaulois Em-

  pire.

ANNOTATION.

GRand Heros, aux pieds duquel les plus braues guerriers apportent iuste-ment toute la loüange qui s'acquiert par les armes entre les allarmes de Bellonne, le Ciel a fauorisé ton inuinci-ble ayeul Godefroy de Buil-lon vainqueur des terres Idu-mees, qui nettoya le Midy de la peste Sarasine, & com-me genereux Paladin, fit re-nommer par toutes les Para-lelles de la terre le renom des Chrestiens & voller par les douze climats des cieux, la gloire des fidelles Gaulois

tellement que ce que les Romains ont chanté de sa valeur n'arriue pas encore au
vray de son histoire. La vaillance a aussi tousiours assi-
stez François ton ayeul, qui
dans les campagnes Milanoi
ses, Angloises & Françoises,
à la defense de Mets & a la
prise de Calais, s'acquist vne
diuine gloire, aussi immortelle que l'eternité. Mais de
quel heur, quel courage,
d'Alexandre & de Cesar fut
doué ce grãd Astre de la foy,
vn pere lequel n'eust que luy
mesme au monde de semblable,
ble, sur qui toute l'europe
auoit lancé ses obiects, & en

qui l'vniuers iettoit ses espe-
rances, comme au Phœnix, &
mignon des filles de memoire , la guerre de Hongrie
où son Auril se trouua. Celles où les estrangers esprou-
uerent sa valeur , & la defaite
des troupes Allemandes, qui
s'estoient amassez par tous
les Cantons de l'Empire,
pour passant le Rhein &
le fleuue de Loire , venir
tragiquement mourir dans
les plaines d'Auneau , furent
dignement capable de saisir
l'Vniuers destonnemét, seule
cause que le Duc Parmesá luy
manda que de tous les plus
grands Heros de la terre il
estoit seul digne de porterles

armes à la guerre. Et que sert
de rechercher dás l'oubly des
tôbes antiques,& refoüiller
les cendres de tes ayeuls, puis
que nous auons deuant les
yeux tes actes, teshonneurs,
tes palmes & ta gloire & celle
de tes freres. Princes qui ont
tant remply la terres de leurs
effects que les Indiens de
l'Isle de Maragnon , ont
ploré la perte deplorable de
ton inuincible.Paris , lequel
vaillammét à l'aspect de Lu-
tece vainquit Lucidor la valeur mesme, & rendit ta maison digne de memoire,le ciel
le bon heur,la vaillance & le
courage ont fauorisé parfai-

ctement tes peres, tes perfections te cheriffent & les
furpaffant en grandeur & en
vertus le Ciel, la terre & l'V-
niuers te fauoriſét cóme, *le
clair Aſtre né d'or.* C'eſt à dite
né & iſſu originaire d'vn Caualier, le courage meſme &
l'etetnité des Deitez de la
Gaule. Tu es l'Aſtre clair &
radieux de noſtre Phebus, &
ſon Neptune qui diuinemét
regis ſa Mediterranee en l'e-
ſtendue des Trocentiens, du
Forum Iulium, des Antipo-
lites, & de ceſte tres opulen-
te Cité Grecque, & la plus fa-
meuſe & ſçauante qui fut iadis en Gaule, où les lettres

florissoient comme en Athenes, & où les Romains en-
uoioient leurs enfans pour
estudier, pour estre fondee
en bónes escholles, instituee
par les Phoceens fondateurs
d'icelle ville, lesquels códuits
par Peranie leur general &
Capitane au mesme téps que
la ville Heteriatique fut mise
à sac par l'orgueilleux Na-
buchodonosor Monarque
de Babylone, enuiron l'an du
monde 3351. Tarquin ce su-
perbe regnant à Rome, & re-
nouuellans ceste ville inuen-
terét la maniere abominable
de sacrifier les hommes à la
Deesse Diane, que depuis les

Druides imiterent , & que
voſtre beau iugement reco-
gnoiſt reformé & peruerty
par la pieté de vos peres.

DE LATONE MERE DV
SOLEIL.

MARIE DE MEDICIS

CHERE MERE DV ROY.

SIXAIN.

DEeſſe qui parmy les Cieux,
Donnoit tes vertus à nos
yeux,
Pourquoy caches tu ta lumiere
Les Dieux le monde & les mor-
tels
Si tu ne viens tous les autels

Sont

Sont a la parque filandiere.

Mais quoy, quel defaftre malin,
Quel changement & quel deftin
Voudroit obfcurcir fa memoire,
Iamais perir on ne peut pas,
Et abyfmer dans le trefpas
Tes faicts, ton honneur & ta
gloire.

ANNOTATION.

GRande Deeffe, chere
mere du Soleil, gene-
reufe Artemife de fon cher
Maufole, pourquoy nous
caches tu ta lumiere, les mortels en font ils indignes, ouy
puis qu'ingrats à ta vertu, ils
font gloire du mefpris, qui
ne peut aucunement interef-
fer ta faincte Deité. Reuien

h

bel Aftre, à ton aduene-
ment les eftoilles du Ciel in-
ferieur en eternité à toy,
rauiuront les flambeaux ia
efteints de leur brillante &
radieufe clarté. Les Graces
font auec nous, nos defirs
auec elles, & elles font com-
munes à nos defirs. Bref
tout le monde te defire, les
Dieux te fouhaittent, les
mortels t'appellent & l'Ens
fouspire ton abfence. Les
encombres Martiaux, les fureurs de Bellonne, & les rages infernales du faux A-
mour qui t'inquietoient fe
font efuanouyes comme vn
brouillards defaduantageux

à ta Gaule, à ta France di ſic,
qui t'eſt ſi obeiſſance, que
ſi elle te pouuoit perſuader
au retour par les Hecatobes
de ſa vie propre, elle n'eſpar-
gnéroit nullement les reſ-
tes de ſon eſtre pour les
donner par ta bien venuë
vne parfaicte eſſéce. Reſiouys
toy donc, chere Deeſſe, puiſque ce cruel Autheur de nos
maux, ton capital ennemy
eſt confus au tombeau de
ſon infortune. Ses merites
meritoient cela, & ſes labeurs
vains ne reſpiroient autre re-
compenſe. Faux Amour, ti-
tre iuſtement digne de luy:
car par vne feinte perſuaſion

&c par vn faux pretexte dé
bien public, il te vouloit ruiner auec l'Empire de Phœ-
bus. Il feignoit aymer la gaule, procurer son bien & sa felicité, au contraire c'estoit
vne amitié fausse taschant
par tous moyens d'extermi-
ner les piliers de la France:
c'estoit donc vn faux Amour
puis qu'il feignoit de nous
aymer & ne nous aymoit
pas.

DE BELLEROPHON.

FRANÇOIS DE L'HOSPITAL.

ASTRE FECOND OPHISIAL.

SONNET.

CRouslez les fondemens solides & radieux,
Des foudres, des fureurs & des
nocturnes rages,
Bouleuersez l'enfer, & la terre
& les cieux,
Et ce large Vniuers aux bruits
de vos orages.

Phœbus a vn appuy qui cöserue
les Dieux
Monté par sa vertu aux plus diuins estages.

h iij

Aux plus diuins honneurs le los

des valeureux,

Et le vaillāt souhait des plus bra-

ués courages.

Enfers n'auortez plus ces ho-

ribles attentats,

Angoumois estouffez ces af-

freux scelerats,

Et ne leur faictes plus de sangui-

naires aisses:

Puisque diuinement François

de l'Hospital

Peruertit vos desseins, vos coups,

& vos querelles,

Comme vn Astre fecód, au ciel

Ophisial,

BRaue Bellerophon, qui porté par voftre coura-geauez dompté & fecondé à la defaicte de cefte horrible Chimere monftre fi hideux, & defgorgeant fi grande quátité de feu, qu'il brufloit en l'ardeur de fes pernicieu-fes flammes tout le pays cir-conuoifin & faifoit mourir miferablemét les troupeaux qui paiffoient en la cápagne. Heureux allié du CAVALIER VICTORIEVX, & de la belle & diuine *Adraftee* la beauté & la diuinité mefme. Chere garde de Phœbus, qui por-

uertit (comme vn bon fol-
dat) tous les obstacles qui
portent encombre à la lu-
miere du Soleil. Tu es vn
Astre fecond, qui de ses influéces influë la fidelité, le soin
& le courage à ceux que tu
regis, aux soldats qui soubs
tõ pouuoir & soubs tes loix
portent leurs halebardes, ca-
rabines & harquebuses pour
le seruice du pere du iour &
de ce bel œil du monde que
les Gaulois vont adorant de
leurs affections. Et puisque
diuinement Phœbus a don-
né à tes merites vne si celeste
grade, despouille de ton allié
qui s'est reuestu d'vn orne-

ment qui couronne ſes me-
rites du prix de ſa recom-
péſé, ie te veux en ſoldat im-
mortaliſer à la ſoldade d'vn
pinceau que la guerre à faict
naiſtre parmy mes concep-
ptions. C'eſt vne lame, vne
plume d'acier que Mars m'a
donné au ſeruicede tes allicz,
& vn pinceau des aiſlet du
Phœnix pour tracer à la poſterité les merueilles qui te
font poſſeder le Globe de
l'Vniuers.

DV BRAVE PERSÉE,

FRANÇOIS TOVSAC BARON
du Bigen.

POVR VN BON GRAND
FILS A CASSIOPEE

SONNET.

L'Amour voloit ton cœur, & consommoit ton ume,
Quand ton estre & le sien ne fai-
soient qu'vn seiour,
Ce n'estoit qu'vn desir, & qu'vne mesme flamme
Qui ardoit tout en feux la belle
de Neubour,
Tu estois son Soleil, & elle estoit
ta Dame,

Le Ciel ornoit vos cœurs des
rayons d'vn beau iour,
Le deſtin decretoit qu'vne amou-
reuſe alarme
Formeroit ce concord du Soleil de
l'Amour.
La ſagette d'Amour appriſe à la
victoire,
Le laurier eſleué triomphoit de ſa
gloire,
Et ſembloit meſpriſer le ſuccre de
ces vœux:
Quand vn traict lumineux,
meurtrit ſa belle veuë,
Diſant, deſſoubs Hymen tu m'a-
nime, & me tue
Preſide Soleil d'vn Brandon
radieux.

ANNOTATION.

Onté sur ton amou-
reux Pegase, fils gene-
reux de la diuine Casiope, tu
deliuras la belle Andromede
d'ú móstre inexorable quicó-
sommoit toute sa substance
en rien & vouloit multiplier
son essence de la siéne, il s'appelloit Hiponcódriaque, lequel enfantoit les imaginations qui fomentoient mille
belles conceptions aduanta-
geuses pour le liberateur Persée Hymen contemplant au
trauers des murailles de verre
des ornemens de vos ames,
c'est Ascherot qui te fai-

soit naistre comme vn Phœnix de ton trespas , associa vos cœurs & vos desirs en la societé côiugale de vos volontez, il en fut l'érremetteur & ses celestes loix le ratifierent. Cephee donna l'Amour à l'Amour mesme. Les prodiges furent veus au ciel auecgrádeadmiratió. C'estoit deux Soleils en simpathie, contre le naturel & le cours de ce tout. Hymenee par ses charmes rauissoit toutes les beautez du ciel pour orner sa belle Andromede. Tant de flambeaux & de lumieres esclairoient en plein iour, & le iour ne luisoit que pour eux,

Adraste y paroissoit en Phœnix, c'estoit l'aurore de ce mariage & l'estonnement des admirateurs, Persée le *Bon* libérateur de sa douce guerriere deuient *Fils à Cassiope*, & gendre de Cephee *pour vn si grand &* radieux Hymenée, furent inuitez toutes les felicitez, les graces, les vertus & les glorieuses beautez qui bien-heurerent ceste couple d'ames immortellement diuines.

Or pour poursuiure l'ordre de ceste Histoire Tragique de Circé, il nous faut laisser ces Anagrames, afin de donner vn principe de com-

mencement aux reftes, & à
la confequence du fubiect
que nous defirons conce-
uoir à l'intention de la belle
Adraftee , & expofer pour
l'Amour d'elle aux obiects
des Lecteurs.

Mais comme puis ie gra-
uer cecy à la pofterité fans
eftonnemét ou admiration?
Quelle tragedie , quelle in-
conftance & quelle pratique
de l'infortune a faict iouer
les refforts de fon perfonna-
ge? Le monde eft rond, & fa
rondeur eft le figne Hieroglyphique de la mobilité,
toutes chofes font fubiectes
au changement. Les quatre

Elemens, le Ciel, l'Vniuers,
le Soleil, & toutes les planet-
tes ont leur essence mobile.
O Dieux quels iugemens solides peut on donc conce-
uoir, si dans cet Vniuers on
ne remarque point vn Vni-
uers, mais l'inconstance mesme, & la fortune muable.
Homere qui la faict naistre
parmy ses escrits, dit qu'elle
est diuinité recente, & Pausanias en l'Estat d'Achaye, dit
qu'elle est l'vne des parques,
surpassant la supreme puissance de ses fatalles sœurs,
c'est pourquoy Orphee luy
donne le maniement de toutes les affaires humaines.

La vie des humains confiſte en
toy qui peux

Nous hauſſer & baiſſer ainſi
comme tu veux.

Demoſtene en dit autát. Fortune peut beaucoup , ains pluſtoſt tout, au cours des affaires de
ce monde: Et Plutarque meſ-
me luy attribue tout le gou-
uernement de l'Vniuers
meſme,

C'eſt cette fortune qui a
renuerſé ces orgueilleux au
precipice qu'ils auoient fo-
menté pour la Gaule, le ſu-
perbe Nabuchodonoſor fut
rudement ietté de ſon throſne Royal, & l'humble Dauid
eſleué des Cabanes aux Pa-

lais, humilité la premiere &
la ſeconde des belles vertus,
ce dit ce ſainct Eueſque d'Hi-
pone. Le meſpris que ces orgueilleux faiſoient de ceſte
loüable vertu en toutes per-
ſónes neceſſaires aux fauoris
des Monarques pour perſi-
ſter longuement dans leurs
charges, les a enuelopez dans
les ombres d'vne mort ſi tragique & effroyable, leur fortune ſi brillante venuë à l'im-
prouiſte a beaucoup contri-
bué à leur ruine, tous chan-
gemens ſoudains ſont dan-
gereux, & les choſes violen-
tes paſſent incontinent, l'eſ-
clair, le tonnerre les bouraſ-

ques s'esuanouiffent tout à
coup, l'Empire des Macedo-
niens designé en la Prophe-
tie par vne Panthere pour re-
prefenter auec quelle viteffe
Alexandre le grand, compa-
ré par Plutarque à vn Aftre
volant, l'effeucroit, fut bien
toft diffipé & mis en ruine.

Qui euft iamais creu que
la Gaule gifante au lict de la
mort, euft peu fi diuinement
reprendre fa premiere vie, il
fembloit (ô fiecle ingrat,)
que les Gaulois euffent entierement perdu la memoire
de leur reputation & gloire,
ces vipereaux, gens de fac, a-

mes venales, sans honneur
de courage adoroient le veau
d'or, se seruoient du nom Au
guste du Soleil pour ruiner
son eternité. Et contre les re-
gles naturelles ils s'imagi-
noient Licanthropes & Hi-
pocondriaques que la plus
furieuse violence estoit de
duree, ces potirons, ces estrá-
ges auortons d'enfer, impudemment & temerairement
entreprenoient de poser leur
siege sur les fleurs de Lis, &
empieter le throsne du maistre des Dieux. Nous auons
trouué les secrets & recou-
uert les moyens qui ont ar-
resté le cours de cest impe-

tueux Torrent desbordé.

Tu vois miserable Circé, ton faux Amour, & toy à ceste heure frappee de la foudre de Iupiter, Phœbus a vne grande puissance, & vne prudence plus extreme, tu voulois comme vne seconde Megere escheller les Cieux, & ton Briaree qui côbatoit côtre les immortels, entassoit montagnes sur montagnes, & desseins sur desseins. Il est maintenant l'opprobre & le scandale des hommes, son corps deschiré en pieces par les mains d'vne furieuse populace, traisné de ruë en ruë dans l'Epitome du monde, immolé à la vengeance publique, & bruslé en diuers endroits, rend vn euident telmoignage des iugements diuins.

Miserable sorciere, tu faisois piafe du vent de tes prosperitez, souftenuë, par des arts diaboliques tu t'imaginois que tes fortileges & doubles charmes pourroient trauerser la deité de phœbus, qui des l'enfance estoit hôme, & maintenant d'homme il est Dieu immortel. La Gaule ne peut fouffrir és son enceinte des monftres porté venins, lefquels ont le cœur endurcy, comme Pharaon.

Si vous eussiez (pauures in-
sensez) faict vne reueue sur
vous mesmes, & si comme
les Paons vous n'eussiez esté
superbes de vos beautez, lesquelles estoiét fort rases, dis-
je rares, de vostre plumage,
du faste de vos flatteurs,
vous eussiez facilement reco-
gneu que les Notaires &
Menuisiers de Florence n'en-
gendroient point d'hommes
qui peussét maistriser le ciel.
Les morts miserables & tragiques d'vn Sejanus, d'vn Lá-
days, d'vn Borgia, d'vn Pro-
tadius, & autres monstres pe-
ris par les mains d'vn bourreau, immolez à la vengean-

ce publique, euffent refrené
ton ambition, mais ta malice eftoit venuë au comble
de ton infortune, laquelle au
vireuolte de fa roue t'a faict
faire vne efpouuentable mutation qu'elle fert d'honneur
à ceux qui y penfent feule-
ment.

Horrible & formidable
mutation, prodige dont la
terreur enfante les admira-
tions,& metamorphofe tant
eftrange, que ceux mefme-
ment qui ont acquis les obiects comme fpectateurs de
ceft affreux fpectacle que
noftre pinceau encores tout
tranfi d'eftonnement va tracer

cer à la posterité ne peuuent
donner à leur creance ce que
la verité a fait voir à nos yeux
& sont contraints de le croire outre leur opinion, ou de
s'aduoüer Hipocôdriaques:
nos yeux sont occulaires tes-
moins de nostre bon heur, &
nostre entendement leur ad-
uerse partie des'aduoüe l'in-
tegrité de leur rapport. Ceux
qui habitent le Pole Artique
& Antartique, les riues du
Gange, du Danube, de l'Euphrate, du Nil, du Tigre, de
Thule, & le milieu & les
deux extremitez de la terre,
autour & dans les Antipo-
des, dressent vn trophee tous

i

en general, des delpoüilles
prodigieufes de deux terri-
bles Dragons que l'enfer a-
uoit auortez pour noſtre dómage, & que le Ciel a exterminez pour noſtre felicité, à
l'honneur immortellement
glorieux du CAVALIER
VICTORIEVX, & de la
belle & diuine ADRASTEE
pour les merites de laquelle
mon pinceau animé des
mes affections, s'en va d'vn
pas rapide appendre ſes honneurs au Temple de la me-
moire.

Mars a Simpathie auec
Minerue & les Muſes fil-
les d'Apollon aſſocient leur

essence en la societé immortelle de ce foudre Martial,
que le vulgaire materiellement simple estime (ignorát
qu'il est) leur contraire en effects. Ce sont des ames à qui
l'ignorance est plus familiere
que l'honesteté, & le vice plus
commun que la vertu. On
peut chanter à la soldade doctement, & doctement chanter à la soldade, Ce sont des
repetitions preparees à parer
ces estocades de ces Zoiles,
Aristarques & Momes, pour
estre trempés expressement
dans l'acier au preiudice de
ces lames de paille. Mais du
Mais du croustement solide

& radieux (c'est parler en fol-
dat) d'vn pinceau à la soldade.
ie bruiray en voix d'airain,
malgré l'enuie funeste, com-
pagne de la vertu, l'honneur
de nos fidelles François , la
gloire de la France, les merites d'vn Illiade de vieux lefquels i'ay Anagrámatifez, le
trióphe de Phœbus , les tro-
phees des estrágeres nations,
la defaicte du faux Amour,
les victoires & valeurs vni-
quement nompareilles du
Cavalier Victorievx,
vne fi agreable metamor-
phofe, vn chágement fi glorieux, que la gloire honteu-
fement luy cede les beautéz

& ses merueilles de la celeste
ADRASTEE, & l'Histoire tragique de Circé aussi miserable que la misere mesme de
laquelle nous allons voir cy
apres le definitif, & comme
elle a malheureusemét abou-
ty le centre de sa vie au periode de son bon-heur & au
comble de son contente-
ment.

Apres que ceste miserable
creature eut languy quelque
interualle dans la prison,
Phœbus seiournant vers ces
agreables fontaines de Narcisse, mande à son Senat que
si ceste malheureuse meritoit
la mort qu'elle fut iustement

punie, autremét que la liberté luy fut eslargie. Le Parlement tout semblable à luy-mesme apres plusieurs inquisitions, trouua par sa prudence que son crime meritoit vn trespas vn Samedy 8. iour de Iuillet 1617. elle est iugee à l'aspect de tous les principaux officiers d'Astree, & entrant à la Chappelle, la prononciation de son arrest fait par nostre *Voysin*, elle s'escria effroyablement, les cheueux luy dressants en teste, aux iuges: *Ah Messieurs ie suis grosse.* Il n'est plus temps, ce dirent ces equitables Senateurs, ton decret limite ta vie, il te faut

mourir, il y a trop de temps
que tu la merites , & c'est le
ciel qui te iuge.

La nuict presque auec ses
nocturnes rideaux vouloit
obscurcir la clarté du iour,
quand toute descheuelee re-
soluë côme vne meurtriere,
on la fait sortir d'vn lieu qu'o
appelle en langage Lutetien
Conciergerie, assistee de deux
venerables Docteurs en
Theologie. Elle estoit vestuë
d'vne robbe de chambre de
damas fueillemorte , la face
descouuerte & toute descheuelee côme i'ay desia dit, plus
de deux cens Caualiers la sui-
uoiét, tant Archers qu'autres

qui vouloient estre specta-
teurs d'vn si horrible specta-
cle. Arriuee proche la *Vanne-
rie*, pres de la Greue, elle ap-
perçoit vn Gentilhomme de
sa cognoissance , auquel
piteusement elle parle assez
longuement. Astree permet
au bourreau d'arrester le cha-
riot qui la menoit, & dit quel
ques paroles qui furét à l'instant mises par escrit, & lesquelles surpassent mon entendement.

Tout l'Vniuers estoit as-
semblé à la voir , chacun ac-
couroit des extremitez de
l'Epitome du monde pour
regarder la piteuse & deplo-

rable tragedie de Circé qui
auoit tant faict parler d'elle,
& qui en fera par sa fin encores parler d'auantage.

Poursuiuant sa carriere entre vne infinité de peuple, elle arriue à la place fatale où
sa vie deuoit ceder à sa mort,
& où sa mort malheureuse
triomphoit de sa vie delicieu-
se. On la monte sur le Theatre funestement funebre, &
sur le triste eschaffaut où se
ioüe sa Tragedie auec quelque peu de constance voyãt
que c'estoit vn faire le faut
vne chose infaillible & indu-
bitable, se resout à la mort,
parle librement à ceux qui

l'admonestoient , faict des
gestes d'vne personne qui a
des admoniteurs dignes de
sauuer les ames plus perfides
qui soient auiourd'huy au
monde , & Docteurs certes
capables de leurs charges,
Pasteurs celestes des troup-
peaux humains de Iesus-
Christ.

Sur ce theatre où chacun
auoit lacé auec esbahissemét
sa veuë & ses regards, on la
void elle mesme se desban-
der, apres que *Iean Guillaume*
d'vn mortel bandeau luy eut
bandé les yeux pour ne voir
le coup effroyable qui la pre-
cipitoit au tombeau. Et re

gardant les afsiftans, d'vne voix rapide prononça fes paroles qui furent limitées par vn vent d'acier.

ME voity donc reduitte fur le point de ma ruine defia penchante dans vne fofse horriblement profonde : mais aufsi digne du trefpas que de la morteternelle, ie porte moy miferable les charaɛleres vifibles *et* inuifibles de cefte Deefse Dorante, mon berceau deuoit eftre ma fepulture, *et* naifsant en ce monde ie deuois naiftre en l'autre, pour finir en commençant, miferable femme du faux Amour, qui fçauois ton malheur *et* ne l'as peu fuir. O mort, ô parque triomphe de ma

vie cruellement malheureuse qui
sembloit maistriser ta fatalité. Hé
bons Dieux, si i'ay merité vos pu-
nitions, & que mes offences les
ayent iustemement appellees sur
moy, faictes au moins quelque misericorde à mon triste enfant;las;helas, qui ne peut auoir
irrité vos eternelles Leitez: que
n'ay ie esté aussi tost portee au
tombeau qu'entre les bras de ma
mere, ou plustost que ses entrailles
ne se rendoient steriles sans par
leur fecondité m'auoir fait naistre pour la proye à de si cruels
malheurs, & pour faire de mon
corps vn sacrifice au Dieu Pluton.

Elle disoit encores quel-

ques autres paroles, quand
l'ame du boureau vengeant
nos outrages separa sa teste
de son corps, apres qu'elle
eust esté rebandee.

Ainsi ceste grande Deesse
qui sébloit porter le Globe
du monde dans ses mains, a
esté reduite dans le neant de
son rien. Quelle constance
donc dans l'Vniuers, si tout
est compris soubs les volages
loix du téps, qui alterát toutes choses ne nous fait rien
voir de plus asseuré que nos
malheurs, ny de plus infaillible que nos miseres. Vn mo-
ment faict perir la duree d'vn
siecle, & ce qui séble de plus

ferme à nos yeux , change
d'obiect à toute heure, la fer-
meté n'a que son nom, & le
changement les effects : La
constance ne se peut depein-
dre que par l'ombre d'vn
crayon de l'innestabilité par
sa propre figure, dont l'image est si frequente à nos yeux
qu'ils ne se paissent d'autre
cognoissance : mais quoy;
c'est le cours du monde qui
despeint en sa rondeur, nous
tesmoigne sa nature volage,
son centre est la fin de tous
les centres , où il va roulant
sans interualle, & côme nous
sommes compris dans le cer-
cle de sa rondeur, il nous fait

participer à son changement
donnant diuers visages à nos
actions. C'est vn mal qui n'a
point de remede, il naist dans
noftre berceau & meurt dans
noftre sepulture, si que ses
annees vielliffants dans les
siecles, sa fin finira toutes
chofes.

En fin voila les Hiftoires
Tragiques & defaictes mal-
heureufes du faux Amour &
de fa Circé, l'vn mis au iour
en faueur du CAVALIER
VICTORIEVX, & l'autre
expofee à l'obiet des lecteurs
foubs le pouuoir de cette belle *Adraftee*, que i'adore. Et
c'eft vous diuine *Lucrece Bau-*

hier Mareschalle de *Vitry*, qui
estes ce subiect de ma Muse,
qui fait veoir dans ses imperfections vos beautez parfai-
tes, vos vertus accomplies &
la douceur de vos graces dás
la rudesse de mes escrits. Vos
belles qualitez excusent mó
defaut , & vostre merite
mon demerite. Ne trouuez
point de difformité en mon
discours, puisque vos perfections de vos beautez sont si
parfaictes, l'effect retient de
la cause, & la cause de l'effect.
On ne peut peindre la neige
auec le charbon , ny tant de
raretez auec si peu de paroles
pour monstrer vos merueil-

les, il falloit vne infinité de propos, & emprunter voſtre eſprit pour nous meſme. I'ay caché beaucoup de loüanges dtuës à vos merites, pour ne deſcouurir toute mon ignorance. Regardez pluſtoſt la ſincerité de l'ouurier, que la grace de l'ouurage, & iugez de ceſte Hiſtoire, comme i'ay faict de vos deitez

ET MARTI ET MINERVÆ.

EXCVSE DE L'AVTHEVR.

MOn naturel est tout esgal
A celuy qui ne nuit à persône
Mon ame à l'essence si bonne,
Qu'elle ne sçauroit dire mal.
Et si quelqu'vn sur mon escrit,
Dit que Mome me faict escrire,
Ie prendray subiect de mesdire
De celuy là qui me mesdit.

VIRTVTIS COMES INVIDIA.

Fin de l'Histoire Tragique de Circe.

Courten
Darlander Sapy Aap[r]
Livbren, ar G[r]e comlen
Conditional
Opinion Debatt

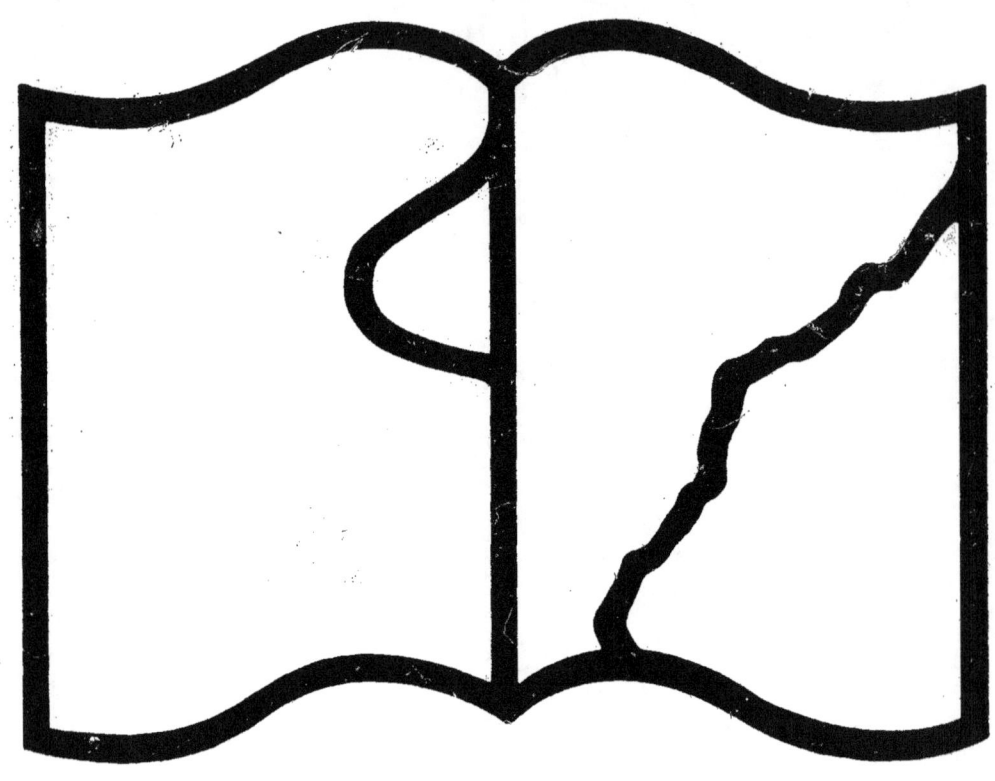

Texte détérioré — reliure défectueuse

NF Z 43-120-11

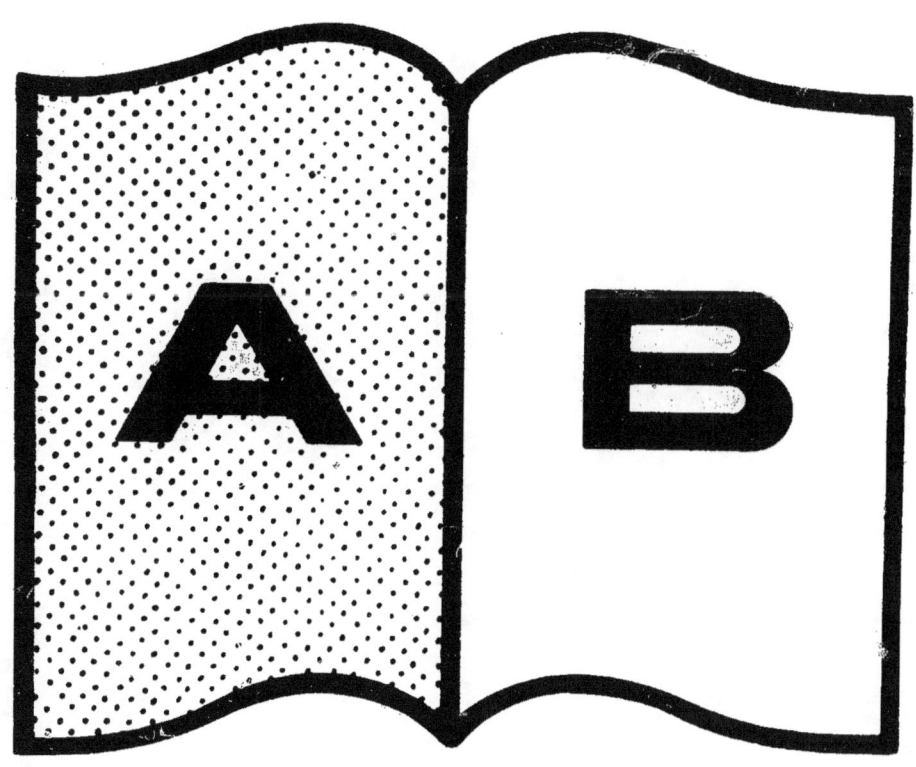

Contraste insuffisant

NF Z 43-120-14